Fünf Wochen im Ballon

Durch Blitzgewitter und Vulkanausbrüche, von brennenden Tauben, Lämmergeiern und wilden Negerstämmen verfolgt, schlug sich die Victoria quer durch Afrika.

I

Vor den Augen und Ohren einer riesigen Zuschauermenge wurde am 14. Januar 1862 eine denkwürdige Sitzung der Königlichen Gesellschaft für Geographie, London, Waterlooplatz 3, abgehalten. Präsident Sir Francis M. hatte seinen gelehrten Kollegen eine Mitteilung zu machen, deren mitreißende Formulierungen stürmischen Applaus erhielten. Nach der rhetorischen Glanzleistung des Präsidenten folgte ein Schwall blecherner patriotischer Phrasen.

»Die Unerschrockenheit seiner geographischen Forscher und Entdeckungsreisenden hat England an die Spitze der Nationen gerückt ...«

(Zustimmende Zwischenrufe)

»Stimmt es, und ist es nötig, daß Doktor Samuel Fergusson seine englische Staatsangehörigkeit verleugnet ...?«

»Aber nein, keineswegs ...!«

»Wenn er Erfolg hat, werden die weißen Flecken auf den Karten Afrikas endgültig verschwinden ...«

(Donnernder Applaus)

»Und wenn sie mißglückt...?«

»Niemals, es gibt kein Mißglücken...«

»... wird sie zumindest zu den verwegensten Projekten des menschlichen Genies zählen ...«

(Anhaltendes Getrampel)

»God save the Queen!« brüllte die enragierte Gesellschaft. »Hoch der Doktor Fergusson!« rief eine vor Begeisterung sich überschlagende Stimme und riß andere mit, tausend Lippen formten den Namen Fergusson, der, aus englischen Kehlen geschleudert, einen besonders wohltönenden Klang bekam.

In diesem dröhnenden Konferenzsaal hatten sich all die ergrauten, ausgemergelten, wagemutigen und immer noch verwegenen Reiseveteranen versammelt, die Wind und Temperament in alle fünf Erdteile getrieben hatte, alle, die noch einmal davongekommen waren, die Zusammenbrüche, Schiffbrüche und Brände überstanden hatten, den Tomahawks der

Indianer, den Keulen der Eingeborenen, den Marterpfählen und schließlich den Verdauungsorganen der Wilden Polynesiens entronnen waren. Sie kannten die Furcht nicht mehr, aber während dieser Rede des Präsidenten hatte ihr Herz geklopft.

Da sich Begeisterung in England schneller noch in Geld Luft macht als in Worten, beschloß man in der gleichen Sitzung, Dr. Fergusson ein kleines Vorschußhonorar von 2500 Pfund Sterling zu überweisen. Die Summe sollte ihm zeigen, daß er auf dem richtigen Weg war. Und nach all dem Lob, das man seinem Projekt gezollt hatte, erhob sich der Wunsch, diesen offenbar merkwürdigen Menschen leibhaftig zu sehen.

»Der Doktor hat sich der Versammlung zur Verfügung gestellt«, sagte Sir Francis.

»Herein mit ihm«, brüllte es, »diesen Mann wollen wir selbst sehen!«

»Vielleicht ist das wieder nur eine herbe Enttäuschung, und man will uns mit diesem unerhörten Projekt an der Nase herumführen!« rief ein alter Commodore, den Schicksalsschläge und Schlagfluß gezeichnet hatten.

»Wenn es diesen Doktor überhaupt nicht gäbe ...«

»... müßte man ihn erfinden«, ergänzte jemand maliziös.

Da trat gelassen Fergusson herein. Er war ein ungefähr vierzigjähriger Mann von mittlerer Größe und Figur, nur die rötliche Gesichtsfarbe verriet den ausgeprägten Sanguiniker. Aus einem kalten, regelmäßig geformten Gesicht ragte die Nase wie ein Bugspriet hervor und verriet: Fergusson war der geborene Forscher und Entdecker. Die besondere Anziehungskraft seiner Physiognomie rührte von den sanften Augen her, in denen sich Wagemut, aber mehr noch Intelligenz ausdrückte. Seine Arme und Beine waren ungewöhnlich lang, und an der Art, wie er seine Sohlen bei jedem Schritt abrollte, erkannte man den begnadeten Fußgänger. Die unaufdringliche Würde dieser Erscheinung ließ alle betroffen schweigen, die den Mann für einen Scharlatan gehalten hatten.

Dr. Fergusson trat vor die Versammlung, spannte seinen Körper, blickte konzentriert und voll geballter Energie, erhob den Zeige- und Mittelfinger wie zum Schwur und sagte nur:

»Excelsior.«

Danach setzte er sich in einen Sessel und ließ ungerührt den Beifallsrausch über sich ergehen. Er hatte das Wort der Stunde getroffen, und der Schlagfluß-Commodore war davon so fasziniert, daß er die Aufnahme der vollständigen Rede in das Bulletin der Königlichen Gesellschaft für Geographie verlangte.

Vater Fergusson war Kapitän der Royal Navy gewesen und hatte seinen Sohn bereits im zarten Kindesalter in den abenteuerlichen und gefährlichen Seemannsberuf eingeführt. Schon damals zeigte der Junge ohne Furcht und Tadel einen Hang zu Forschung und Wissenschaft; er verstand es, sich geschickt aus den schwierigsten Affären zu ziehen und bestand selbst die schwerste Prüfung für alle Kinder: zum ersten Male mit Messer und Gabel zu essen, bravourös.

Kaum konnte er lesen, hatte er auch die Geschichten der großen Entdeckungen verschlungen. Aber er nahm die Schilderungen nicht etwa kritiklos hin. Wenn *er* Robinson Crusoe gewesen wäre, hätte er vieles anders angepackt, vor allem aber die Insel niemals wieder verlassen – selbst wenn man ihn zum Ersten Lord der Admiralität gemacht hätte.

Sicherlich hatten diese Beschäftigungen die psychische Entwicklung des Kindes stark beeinflußt. Der Vater nahm seinen Sohn aber nicht nur auf Reisen in alle vier Ecken der Welt mit, sondern unterwies ihn auch ernsthaft und streng in der Ozeanographie, Physik und Mechanik, ohne die allgemeinen Grundlagen der Botanik, Medizin und Astronomie zu vergessen.

Beim Tod des Kapitäns war Samuel Fergusson 22 Jahre alt und hatte schon die erste Weltreise hinter sich. Bald verdiente er sich im bengalischen Pionierkorps die ersten Meriten, obwohl er weder gern gehorchte noch gern befahl. Als er den Dienst quittiert hatte, hing er sich Jagdgewehr und Botanisiertrommel um und durchstreifte zu Fuß den indischen Subkontinent von Kalkutta bis Surat. Von dort aus fuhr er nach Australien und schloß sich der Expedition des Kapitäns Sturt an, der mitten in Neu-Holland das legendäre Kaspische Meer entdecken sollte. Nach kurzem Aufenthalt in England packte ihn wieder die Forscherlust, und er begleitete Kapitän McClure von 1850 bis 1853 bei einer Küstenforschungsreise von der Beringstraße bis Cap Farewell.

Auch bei den schlimmsten Strapazen ließ ihn seine Konstitution nicht im Stich, denn er verstand es, sich allen Entbehrungen anzupassen. Das Volumen seines Magens konnte sich auf Befehl verkleinern, und seine Beine zogen sich zusammen, wenn das Dschungelbett zu kurz war; er konnte auf der Stelle einschlafen und zu jeder gewünschten Zeit wieder aufwachen.

Bei diesen Voraussetzungen versteht es sich von selbst, daß Samuel Fergusson von 1855–1857 zusammen mit den Brüdern Schlagintweit den Westen Tibets durchforschte, von wo er hochinteressante ethnographische Analysen mit nach Hause brachte. Während dieser Zeit hatte er sich außerdem als fleißiger Sonderkorrespondent einen Namen gemacht, er schrieb farbig-packende Reportagen für ein Groschenblatt, den *Daily Telegraph*, das bei einer Auflage von 140 000 Exemplaren mehrere Millionen Leser erreicht. Obwohl er bei keinem der illustren Institute Mitglied war und keiner der unzähligen königlichen geographischen Gesellschaften angehörte, war er auch unter Fachleuten bekannt wie ein bunter Hund. Mit dem Vorsitzenden der renommierten *Royal Polytechnic Institution*, dem Statistiker Kokburn, war er sogar eng befreundet. Kokburn stellte bei einem Staatsexamen einmal folgende Aufgaben:

1. Wenn die Körpergröße Dr. Fergussons und die von ihm zurückgelegten Entfernungen bekannt sind: wieviel weiter ist dann der Kopf gereist als die Füße?
2. Wenn die von Kopf und Fuß zurückgelegten Wegstrecken gegeben sind: wie groß ist dann Dr. Fergusson? (Rechenschiebergenauigkeit genügt.)

Fergusson hielt sich von allen Disputen fern. Er liebte den Kampf mit der Natur, aber nicht die Kontroverse auf dem Papier. Er unterschied sich gründlich von anderen Engländern, die zumeist, wenn sie mit einer Kutsche rund um den Genfer See gefahren waren, so unglücklich gesessen hatten, daß sie während der ganzen Fahrt nur ihr Gegenüber und die Fenstergardine sahen, aber später in London von der malerischen Schweizer Landschaft schwärmten. Wenn Fergusson von einer Landschaft sprach, so konnte man sichergehen, daß er sie nicht nur gesehen, sondern auch zu Fuß durchquert hatte.

Er fuhr jedoch nie aus bloßer Lust am Reisen in die Ferne. Er selbst behauptete, er werde zu seinen Reisen getrieben und sagte gern: »Nicht *ich* verfolge meinen Weg, mein Weg verfolgt mich.« Ein Biograph mutmaßte bereits, Fergussons außergewöhnliche Expeditionen seien weniger auf wissenschaftliche Neugier als auf einen bestimmten Drang im Unterbewußtsein zurückzuführen, und das ist gar nicht so unwahrscheinlich. Es erklärt jedenfalls die Gleichgültigkeit, mit der Dr. Fergusson die überlaute Resonanz auf seinen Plan in der Königlichen Gesellschaft für Geographie hinnahm. Er hielt sein Projekt für so simpel und naheliegend und befand sich jenseits von Stolz und Eitelkeit, so daß ihn die Aufregung des Publikums nicht mehr erreichte.

Im Anschluß an die Sitzung gab man zu Ehren des Doktors ein Festbankett im *Traveller's Club* auf der Pall Mall. Zum Diner hatte man einen Stör aus dem Kaspischen Meer herangeschafft, der nur 3 cm kürzer war als Samuel Fergusson selbst. Dazu fuhr man die erlesensten französischen Weine auf und stieß auf nicht weniger als 129 berühmte Afrikareisende an, nämlich: Abbadie, Adams, Adamson, Anderson, Arnaud, Baikie, Baldwin, Barth, Batouda, Beke, Beltrame, du Berba, Bimbachi, Bolognesi, Bolwik, Bolzoni, Bonnemain, Brisson, Browne, Bruce, Brun-Rollet, Burchell, Burckhardt, Burton, Caillaud, Caillié, Campbell, Chapman, Clapperton, Clot-Bey, Colomieu, Courval, Cumming, Cuny, Debono, Decken, Denham, Desavanchers, Dicksen, Dickson, Dochard, Duchaillu, Duncan, Durand, Duroulé, Duveyrier, Erhardt, d'Escayrac de Lauture, Ferret, Fresnel, Galinier, Galton, Geoffroy, Golberry, Hahn, Halm, Harnier, Hecquart, Heuglin, Hornemann, Houghton, Imbert, Kaufmann, Knoblecher, Krapf, Kummer, Lafargue, Laing, Lajaille, Lambert, Lamiral, Lamprière, John Lander, Richard Lander, Lefebvre, Lejean, Levaillant, Livingstone, Maccarthie, Maggiar, Maizan, Malzac, Moffat, Mollien, Monteiro, Morrisson, Mungo-Park, Neimans, Overwev, Panet, Partarrieau, Pascal, Pearse, Peddie, Peney, Petherick, Poncet, Prax, Raffenel, Rath, Rebmann, Richardson, Riley, Ritchie, Rochet d'Héricourt, Rongâwi, Roscher, Ruppel, Saugnier, Speke, Steidtner, Thibaud, Thompson, Thornton, Toole, Tousny, Trotter, Tuckey, Tyrwitt, Vaudey, Veyssière, Vincent, Vinco, Vogel, Wahl-

berg, Warington, Washington, Werne, Wild und zum Schluß auf Dr. Samuel Fergusson selbst, der die Forschungen dieser Reisenden durch sein unwahrscheinliches Projekt miteinander verbinden und die Konsequenz aller Afrikareisen ziehen will.
Und im *Daily Telegraph* war am nächsten Tag zu lesen:

ENDLICH WIRD DAS GEHEIMNIS DER AFRIKANISCHEN WÜSTE GELÜFTET!

Ein moderner Ödipus – Er will das Rätsel der Sphinx Afrika lösen! – Woran die Gelehrten seit 600 Jahren scheiterten ... *(Eigener Bericht). – Die Suche nach den Nilquellen,* fontes Nili quarere, *galt bisher als aussichtsloses, wahnwitziges Unternehmen. Erst vor kurzem sind drei Unternehmen ergebnislos verlaufen. Dr. Barth folgte dem von Denham und Clapperton angegebenen Weg bis in den Sudan, Dr. Livingstone erforschte das Gebiet vom Kap der Guten Hoffnung bis an den Sambesi, die Kapitäne Burton und Speke entdeckten die großen Binnenseen. Damit waren drei Wege erschlossen; deren Schnittpunkte aber, das Herz Afrikas selbst, blieb unzugänglich.*
Die neue kühn geplante Expedition von Dr. Samuel Fergusson wird die Ergebnisse aller dieser Vorgänger nutzen. Der verwegene Forscher, dessen fesselnde Reiseberichte unsere Leser so oft verfolgt haben, will jetzt in einem Ballon Afrika von Osten nach Westen durchqueren. Nach unseren Informationen startet er auf der zauberhaftesten der Inseln: auf Sansibar. Das Ziel der Fahrt kann noch nicht mit Sicherheit angegeben werden, da es wesentlich vom Zufall bestimmt sein wird. Selbstverständlich werden wir unsere Leser über den Verlauf dieser in der Geschichte der Geographie einmaligen Forschungsreise ständig auf dem laufenden halten ...

Dieser Artikel erregte nicht nur Aufsehen, sondern auch Zweifel; viele hielten die Gestalt des Dr. Fergusson für fingiert, erfunden von jenem berüchtigten Sensationsjäger und Showman Barnum, der nach den Vereinigten Staaten nun auch England unsicher machte. Die Genfer Zeitschrift *Bulletin de la Société Géographique* verulkte nicht nur das Pro-

jekt, sondern auch Bankett und Stör, worauf Herr Petermann, ein Freund Fergussons, in seinen *Gothaer Mitteilungen* schärfstens zurückschlug.
Bald darauf wurden die ersten Vorbereitungen publik, und aus aller Welt trafen Glückwunschtelegramme ein. Verschiedene geographische Fachzeitschriften erörterten die Details der Reise. Dr. W. Koner analysierte in einer sehr sorgfältigen Arbeit für die *Zeitschrift für allgemeine Erdkunde* die Art der Hindernisse; er begeisterte sich für die Vorzüge einer Luftreise, nur den Startplatz hielt er für ungünstig und empfahl statt dessen die abessinische Hafenstadt Massaua, wo James Bruce 1768 zu den Nilquellen aufgebrochen war. Die *North American Review* versuchte den amerikanischen Neid satirisch zu verbrämen und forderte den Doktor auf, wenn er doch schon auf dem Weg nach Westen sei, auch rasch nach Amerika hinüberzufliegen. Bald gab es, vom *Evangelischen Missionsblatt* bis zur *Revue für Algier und die Kolonien*, von den *Annalen der Glaubensverbreitung* bis zum *Kirchlichen Intelligenzblatt für Missionare* kein wissenschaftliches Blatt mehr, das sich nicht unter irgendeinem Gesichtspunkt mit Fergussons Projekt befaßt hätte, ganz zu schweigen von der Massenpresse.
In London und im ganzen übrigen England wurden riesige Wetten abgeschlossen:
1. Gibt es den Doktor Fergusson, oder gibt es ihn nicht?
2. Wird die Reise unternommen oder nicht?
3. Kommt Dr. Fergusson zurück oder nicht?
Die Engländer setzten dabei Summen, als ginge es ums Epsom-Derby.
Fergusson selbst gab jede gewünschte Auskunft über sein Vorhaben, denn er war der zugänglichste und unkomplizierteste Mensch von der Welt. Er mußte allerdings die Angebote mehrerer Abenteurer abweisen, die sich an Risiko und Ruhm der Expedition beteiligen wollten. Und er schickte eine ganze Reihe von Erfindern wieder nach Hause, die ihm ein Speziallenksystem für seinen Ballon empfahlen. Wenn man ihn jedoch fragte, ob er eine Eigenkonstruktion entwickelt habe, verweigerte er abrupt jede Auskunft.

2

Dr. Fergusson hatte einen Freund, aber nicht, wie man denken könnte, ein *alter ego*, ein zweites Ich, denn zwischen zwei vollkommen gleichartigen Menschen kann keine echte Freundschaft entstehen. Samuel Fergusson und Dick Kennedy waren in ihren Eigenschaften, Talenten und Temperamenten grundverschieden, aber sie stimmten in Herz und Seele überein.

Kennedy war ein Schotte vom reinsten Wasser, offen, resolut und hartnäckig. Er wohnte in Leith, einem Vorort von Edinburgh. Natürlich ging er auf Fischfang, wenn er nicht seiner Jägerpassion huldigte, wie es sich für einen Mann von Stand und Sohn der Highlands gehörte. Er schoß so gut, daß in Jägerkreisen das Gerücht in Umlauf war, er könne eine Messerklinge so genau treffen, daß beide Hälften der durchschnittenen Kugel genau das gleiche Gewicht hätten.

Obwohl er herkulisch gebaut war, bewegte er sich grazil und behende. Aus einem wettergegerbten Gesicht stachen schwarze, lebhafte Augen hervor; seine gutmütige und verläßliche Erscheinung nahm spontan für ihn ein.

Fergusson und er hatten sich beim Dienst im gleichen indischen Regiment kennengelernt. Sie gingen gemeinsam auf die Jagd, Dick spürte Tiger und Elefanten, Samuel Insekten und Pflanzen auf, und beide hatten auf ihre Weise Erfolg. Da sie niemals in die Verlegenheit gekommen waren, sich gegenseitig das Leben retten zu müssen oder sonstwie Gutes zu tun, verband sie eine feste, dauernde Freundschaft. Trennungen waren nie von langer Dauer, denn ihre gegenseitige Sympathie führte sie immer wieder zusammen.

Nach der Tibet-Expedition hatte der Doktor fast 2 Jahre lang nicht mehr von Forschungsreisen gesprochen, und Dick begann schon zu hoffen, daß die gefährlichen Fahrten des Doktors ein Ende gefunden hätten. Er wäre herzlich froh darüber gewesen, denn er hatte schon oft seinen Freund beschworen, endlich zu Hause zu bleiben, da er für die Wissenschaft genug, für die Dankbarkeit seiner Mitmenschen bestimmt schon viel zu viel geleistet habe.

Dr. Fergusson gab auf solche Vorhaltungen keine Antwort.

Er war jedoch in den letzten Monaten zunehmend nachdenklich geworden, schlug sich die Nächte mit geheimnisvollen Berechnungen und Experimenten um die Ohren, und Dick gewann die Überzeugung, daß sich trotz aller Verschwiegenheit in Samuel Fergusson eine gefährlich große neue Idee entwickelte. Als der Doktor dann im Januar nach London abgereist war, brauchte Kennedy nur wenige Tage zu warten, bis der Artikel im *Daily Telegraph* erschien und die Lösung brachte.
»Barmherziger!« rief der Schotte. »Der Mensch ist übergeschnappt. Mit dem Ballon über Afrika! Sonst geht es ihm hoffentlich noch gut!«
Frau Elspeth, seine Haushälterin, beschwichtigte ihn und meinte, er sei wohl einer Zeitungsente aufgesessen.
»Ach was!« rief Dick. »Diese Idee riecht natürlich ringsum nach Samuel Fergusson. Eine Luftreise! Die Vögel nachäffen! Wenn man ihn jetzt nicht bremst, fliegt er eines Tages auch noch auf den Mond, und dann gute Nacht!«
Noch am gleichen Abend setzte er sich in den Zug und kam früh am anderen Morgen in London an. Eine Dreiviertelstunde später setzte ihn eine Droschke in der Greek Street am Soho Square ab. Auf fünfmaliges Klopfen, ihr altes Zeichen, rief der Doktor:
»Dick?«
»Er selbst«, antwortete Kennedy.
Der Doktor öffnete und zeigte sich überrascht.
»Mitten in der Winterjagdzeit fährst du nach London?« fragte er.
Kennedy zog den *Daily Telegraph* aus der Tasche:
»Samuel, stimmt dieser Artikel?«
»Ach das! Die Presse ist doch reichlich indiskret, findest du nicht? Setzt dich erst mal, alter Freund.«
»Zuerst sagst du mir, ob dieser Ballon eine Ente ist oder ob er auf deinem Mist gewachsen ist«, fragte der Schotte unbeirrt.
»Welch seltsame Sprache führst du«, lachte Fergusson. »Ein Ballon ist keine Ente. Aber ich verstehe deinen Unmut. Du bist mir sicher böse, daß ich dich noch nicht eingeweiht habe, aber ich steckte so in Arbeit. Natürlich hätte ich dir auf jeden Fall in den nächsten Tagen geschrieben . . .«

»Das hättest du dir sparen können.«
»Durchaus nicht, Dick. Ich wollte dich nämlich bitten, mitzufliegen.«
»Mich auch ins Irrenhaus bringen!« rief der Schotte wütend.
»Ich habe ganz sicher mit dir gerechnet, alter Junge. Du bist der einzige, den ich mir als Gefährten vorstellen könnte.«
Kennedy kam aus dem Staunen nicht mehr heraus.
»Wenn ich aber nicht mitfliegen will?« fragte er.
»Du wirst mir noch dankbar sein, wenn du mal genau . . .«
»Wenn ich aber absolut nicht will?«
»Dann fliege ich ganz allein. Mutterseelenallein!«
»Um Gottes willen, sagte Kennedy, »das ist ja noch schlimmer, noch verrückter und noch gefährlicher.«
»Pshaw, Gefahren«, sagte der Doktor. »Alles ist gefährlich. Es gibt Leute, die setzen bloß ihren Hut auf und ersticken dabei. Was geschehen soll, geschieht, was geschehen ist, wird wieder geschehen, und die Zukunft ist nichts anderes als die verlängerte Gegenwart.«
»Deinen verfluchten Fatalismus kenn' ich.«
»Wer zum Hängen geboren ist, stirbt nicht durch Ertrinken.«
»Sprüche!«
»Sprichwort!«
Jetzt kam Kennedy mit konkreten Einwänden.
»Wenn du schon ohne Afrika nicht glücklich wirst, warum mußt du dann unbedingt anders reisen als gewöhnliche Sterbliche?«
»Weil schon zu viele Namen auf der Afrika-Verlustliste stehen!« sagte der Doktor und wurde allmählich ungeduldig. »Man kann sich nicht gleichzeitig gegen Hunger, Durst, Hitze, Fieber, gegen wilde Tiere und noch wildere Eingeborenenstämme wehren. Wenn man Erfolg haben will, muß man die Methoden wechseln, und wo man nicht durchkommen kann, geht man eben drüber weg.«
»Aber du willst doch gar nicht gehen, sondern gleich *fliegen*«, antwortete Kennedy.
»Na und? Mein Ballon ist so konstruiert, daß er einfach nicht abstürzen kann. Wenn ich aber doch herunterfalle, bin ich auch nicht schlechter dran als andere Afrikafahrer. Dick, *mein* Ballon bleibt in der Luft. Ich steige nicht aus, bevor ich

die westafrikanische Küste erreicht habe. Mit dem Ballon ist nichts unmöglich. Weder Hitze und Wüstenstürme noch Tiere und Menschen können mir gefährlich werden. Wenn es zu heiß wird, steige ich hoch, wird es zu kalt, lasse ich den Ballon sinken. Über Berge, Schluchten und Flüsse schwebe ich hinweg, und wenn ein Gewitter kommt, dann schau ich's mir von oben an. Vor meinen Augen wird sich die Karte Afrikas enthüllen.«

Kennedy war fast gerührt von soviel Zuversicht.

»Du redest ja fast«, sagte er, »als könntest du deinen Ballon auch lenken.«

»Nein, das ist unmöglich.«

»Dann fliegst du also . . .«

»Wohin der Zufall will. Die Passatwinde werden mich jedenfalls von Osten nach Westen treiben.«

»Und wer fängt dich im Westen auf?«

»3 oder 4 Schiffe werden zur Zeit meiner Ankunft vor der afrikanischen Westküste kreuzen. Jedenfalls sind wir in längstens 3 Monaten in Sansibar, füllen den Ballon, und ab geht's durch die Mitte.«

»Ich höre immer *wir*«, sagte Dick.

»Hast du vielleich etwas dagegen?«

»Ja, Gründe. Wie willst du zum Beispiel verhindern, daß sich das Gas langsam verflüchtigt? Alle langen Ballonfahrten sind bis jetzt daran gescheitert.«

»Lieber Dick, mir entwischt kein einziges Gasmolekül!«

»Wie willst du den Ballon dann steigen und sinken lassen?«

»Geheimnis! Du kannst mir ruhig vertrauen. Stichwort: Excelsior.«

»Okay, Excelsior«, antwortete der Schotte und nahm sich insgeheim vor, die Reise mit allen Mitteln zu verhindern.

3

Dr. Fergusson überwachte selbst den Bau seines Ballons, und Kennedy wich ihm nicht von der Seite, erfüllt von panischer Angst, Fergusson könne sich plötzlich vom Fleck weg in die

Luft schwingen. Alle Vorhaltungen, Überzeugungsversuche und Bitten halfen nichts, der Doktor blieb unbeirrbar und lernte in seiner Freizeit seelenruhig Arabisch, Kisuaheli und Mandingo-Dialekte. Kennedy dagegen wurde von Alpträumen geplagt. Er schwebte im Schlaf in die Lüfte hinauf und schaukelte dort mit immer stärker werdenden Schwingungen hin und her, bis er abstürzte. Einige Male wurde der Traum so plastisch, daß Kennedy tatsächlich aus dem Bett fiel und am nächsten Morgen eine Beule vorführen konnte.
»Heute war es nur 1 m«, sagte er zu Fergusson, »und 1 cm die Beule. Wie wird das erst werden, wenn ich aus einer Höhe von ...«
»Wir stürzen nicht ab«, antwortete der Doktor kurz.
Kennedy konnte nur noch staunen, sowohl über die Selbstsicherheit wie darüber, daß der Doktor nur noch im Plural sprach: »Wir werden ...«
Auch das Possessivpronomen hatte diese Wandlung mitgemacht: »Unser Ballon ...«, »unsere Expedition ...« Zunächst war der Schotte darüber entrüstet, daß man so ungefragt über ihn verfügte, aber dann begann diese psychologisch fein dosierte Berieselung zu wirken, und plötzlich kam ein Paket mit Reisekleidung aus Edinburgh, bei dem er feststellen mußte, daß er es selbst bestellt hatte.
Die letzte und schärfste Auseinandersetzung gab es, als Kennedy äußerte, ob die Nilquellen einer Entdeckung überhaupt wert seien.
»Ob diese Reise auch nur einen Deut zu einem friedlichen Dasein der Menschen beiträgt?« fragte er. »Schließlich ist ja doch sehr ungewiß, ob die Völker Afrikas sich als Teil der zivilisierten Welt wirklich glücklicher fühlen würden. Nimm nur mal an, daß die Afrikaner einen echteren Begriff von Zivilisation verwirklicht hätten als die Europäer... einen für sie passenderen jedenfalls. Ich bin überzeugt, es gibt über kurz oder lang in einem Monat, in einem Jahr bequemere und ungefährlichere Fortbewegungsmittel. Vielleicht kommt schon bald irgendein Kopf auf die Idee ...«
Da schrie ihn Fergusson fast an: »Du gönnst mir diesen Ruhm wohl nicht, du Schurke! Soll ich mich vielleicht vor meiner eigenen Vergangenheit lächerlich machen, in der mir kein Weg zu lang, kein Wasser zu tief, kein Hindernis zu

hoch erschien? Wenn ich jetzt klein beigäbe, wäre ich vor der Geographischen Gesellschaft und vorm ganzen Vereinigten Königreich blamiert!«

»Aber . . .«

»Hast du vergessen, daß mir eine andere Expedition schon Konkurrenz macht?« eiferte Fergusson weiter. »Es wollen schon wieder mal Entdecker nach Zentralafrika aufbrechen. Jetzt hör mir genau zu, und schau dir diese Karte an. Siehst du hier den Nil mit der Stadt Gondokoro am Oberlauf? Wenn du da deinen Zirkel einstichst, einen Bogen auf die Stadt Kazeh schlägst, dort dem 33. Längengrad nach Norden folgst, triffst du genau das Südende des Viktoria-Sees. Wenn man den Eingeborenen glauben kann, dann erstreckt sich der See bis über den Äquator hinaus. Der Ausfluß am Nordende muß notwendigerweise irgendwo in den Nil münden, wenn er nicht der Nilursprung selbst ist. Klar?«

»Na ja.«

»Und jetzt paß noch einmal auf. Die Geographische Gesellschaft ist dahintergekommen, daß es mit dem von Speke entdeckten See einiges auf sich hat. Unter ihrer Schirmherrschaft ist der frühere Leutnant, jetzige Kapitän Speke zusammen mit einem Hauptmann Grant und einer phantastisch ausgerüsteten Expedition 1860 von Sansibar aufgebrochen und will über den See nach Gondokoro. Er hat nicht bloß 5000 Pfund Regierungszuschüsse bekommen, sondern auch Hottentotten-Soldaten. Außerdem kommt den Forschern und ihrer Expedition von Khartum aus ein Dampfboot entgegen, vom Foreign Office finanziert.«

»Gar nicht so dumm, solche Maßnahmen«, sagte Kennedy.

»Du siehst also selbst, wie die Zeit drängt, wenn wir Rahm und Ruhm der Forschung noch abschöpfen wollen. Aber das ist noch nicht alles. Auch andere Forscher dringen zum Herzen Afrikas vor.«

»Aber doch wohl zu Fuß.«

»Sicher«, antwortete Fergusson, »ein Dr. Krapf will den Äquator von Westen her erreichen, und ein Baron von Dekken hat von Mombasa aus das Kenia- und Kilimandscharo-Massiv bestiegen und ist nun auf dem Weg nach Zentralafrika.«

»Auch zu Fuß?« fragte Kennedy.

»Oder auf Maultieren.«
»Ein quantitativer, kein qualitativer Unterschied«, sagte Kennedy.
»Dann hat von Heuglin, der österreichische Vizekonsul in Khartum, eine Gruppe organisiert, die auf der Suche nach dem verschollenen Afrikafahrer Vogel von Massaua startet und bis zum Tschad-See nach Westen vordringen will. Der Herzog von Sachsen-Coburg-Gotha hat extra zu diesem Zweck ein wissenschaftliches Komitee einberufen, das auch die notwendigen Geldmittel zur Verfügung gestellt hat. Und wenn diese Expedition am Tschad-See ankommt, dann ist Afrika von Osten nach Westen durchquert, und ich kann einpacken!«
»Ich wünsche all diesen Menschen jedenfalls nichts Böses«, antwortete Dick Kennedy.

4

Dr. Fergussons Diener Joe war das Musterbeispiel eines guten Hausgeistes. Bevor Fergusson, der Herr, einen Auftrag ganz ausgesprochen hatte, führte Joe ihn auch schon durch und verlor dabei niemals seine prächtige Laune. Man konnte sich in sämtlichen Fragen und Nöten des täglichen Lebens auf ihn verlassen. Er kannte den Geschmack seines Herrn und berücksichtigte ihn, wenn er Menüs zusammenstellte; und wenn er Koffer packte, vergaß er weder Taschentücher noch Zahnbürsten. Ob Schlüssel oder Geheimnis, man konnte ihm alles anvertrauen, denn er war die Korrektheit selber.
Für Joe war Dr. Fergusson nicht nur der Herr, sondern auch das Idol, dessen Ansichten er unbesehen übernahm. Alles, was Fergusson sagte, was für Joe grundwahr. Alle Fergusson-Pläne waren vernünftig, alles Vernünftige war möglich, alles Mögliche gelang, wenn Fergusson es anpackte. Mit Fergusson leben – das schien ihm von allen irdischen Vergnügen das größte. Als der Doktor mit seinem Luftreisenplan kam, stand für Joe fest, daß er mitfahren würde, ohne daß er ein Wort darüber verlor.

Hätte man für die Affen im Zoo einen Turnlehrer gebraucht, dieser Diener wäre der richtige Mann gewesen. Er konnte springen, klettern, fliegen und Rollen vorwärts und rückwärts machen. Seine Augen waren so scharf, daß er, wie Keplers Lehrer Möstlin, mit bloßem Auge die Jupitermonde unterscheiden und vierzehn Sterne der Plejaden erkennen konnte. Er erkannte und grüßte daher alle Leute schon von weitem und wurde wegen dieser Höflichkeit sehr gelobt. Es ging ihm überhaupt alles leicht von der Hand, auch die geistige Arbeit. Seine Allgemeinbildung war nicht sehr weitreichend, deshalb konnte man ihm viel erzählen, und er fand es selbstverständlich, logisch und natürlich.
Dadurch, daß er einen unaufdringlichen, nie versagenden Optimismus besaß, kam es zwischen Kennedy und ihm notwendig dauernd zu Spannungen. Der eine ewig zweifelnd, der andere ewig vom Erfolg überzeugt, lagen sie sich täglich über das Unternehmen in den Haaren.
»Glauben Sie«, sagte Joe, »ich lasse ihn jetzt allein reisen, nachdem wir miteinander durch die halbe Welt gefahren sind? Wer würde ihm denn beim Sprung die Hand reichen? Wer würde ihn pflegen, wenn er krank wird? Nein, Herr Dick, Joe ist immer dabei. Aber Sie sprechen von dieser Reise mit einer Verachtung, als kämen Sie nicht mit.«
»Doch. Doch, doch. Ich fahre mit. Aber nur, um Samuel noch im letzten Augenblick von der größten Dummheit seines Lebens zurückzuhalten. Meinetwegen bis nach Sansibar, jawohl, ich gehe bis nach Sansibar, wenn ich diesen verrückten Plan verhindern kann.«
»Verzeihen Sie, aber mit Ihrer Jagdleidenschaft scheint es nicht mehr weit her zu sein, daß Sie sich ein so herrliches Revier wie Afrika einfach entgehen lassen wollen! Wissen Sie übrigens, daß wir alle drei heute gewogen werden?«
»Was? Bin ich ein Jockey?«
»Keine Angst, Sie brauchen keine Abmagerungskur zu fürchten. Dr. Fergusson muß nur Ihr Gewicht kennen, damit er die Gasmenge danach berechnen kann.«
»Aber ohne mich. Soll er sehen, wie er seinen Apparat berechnet.«
»Ich kenne Sie doch«, sagte Joe. »Jetzt sagen Sie noch heroisch nein, aber nachher, wenn Dr. Fergusson zurückkommt

und Ihnen in die Pupille schaut und sagt: ›Dick, du mußt gewogen . . .‹«

Da ging die Tür auf, Fergusson kam herein. Er sah Kennedys mißmutiges Gesicht, ließ sich aber nicht irre machen und sagte: »Dick und Joe, ihr kommt jetzt mit zum Wiegen.«

»Aber . . .«

»Du kannst bleiben, wie du bist, Dick.«

Und Kennedy ging mit in die Ballonwerkstatt von Herrn Mitchell, wo er fand, daß die Schnellwaage 76,5 kg für ihn anzeigte. Dann stieg Joe auf die Waage und nahm eine Pose ein wie der General Wellington, der am Eingang zum Hydepark den Achilles nachäfft. Er wog nur 60 kg, der Doktor 67,5 kg. Zusammen hatten sie ein Gewicht von 204 kg, und der Doktor war's zufrieden. Zunächst mußten jetzt die Fragen des Gesamtgewichts und des Gasvolumens geklärt werden. Mannschaft und Ausrüstung würden rund 2000 kg wiegen. Welche Gasmenge würde dieses Gewicht tragen?

Wasserstoffgas ist leicht herzustellen und hat sich bei allen Ballonversuchen bewährt. Fergusson rechnete folgendermaßen: Wenn 1660 m^3 Luft etwa 2000 kg wiegen und Wasserstoffgas vierzehneinhalbmal leichter ist als Luft, dann wiegen 1660 m^3 Wasserstoffgas nur rund 138 kg, das heißt, aus dem Unterschied von 1862 kg zwischen Luftgewicht und Gasgewicht besteht die Auftriebskraft des Ballons.

Der Rauminhalt des Ballons mußte allerdings größer sein als 1660 m^3; sobald der Ballon steigt und der Luftdruck der Umgebung abnimmt, dehnt sich das Gas immer stärker aus und zerreißt schließlich die Ballonhülle. Dr. Fergusson ließ einen länglichen Ballon anfertigen, mit einem vertikalen Durchmesser von 23,5 m und einem horizontalen von 15,6 m. Das Volumen faßte rund 3400 m^3. Mit 1660 m^3 Wasserstoffgas war der Ballon halb gefüllt.

Fergussons erste und liebste Idee war, zwei Ballons miteinander zu koppeln, um jedes Risiko zu vermeiden. Wäre ein Ballon geplatzt, hätte man sich mit dem anderen noch gut in der Luft halten können, wenn man genügend Ballast abwarf. Allerdings mußte er einsehen, daß sich mit einem Doppelballon nur sehr mühsam manövrieren läßt.

Fergussons endgültige Konstruktion war dann genial: sie

nutzte die Vorteile von zwei Ballons aus, ohne daß die Nachteile in Kauf genommen werden mußten, denn sie schloß einen kleineren in einen größeren Ballon ein. Der Innenballon hatte einen vertikalen Durchmesser von 21 und einen horizontalen Durchmesser von 14 m und ein Volumen von 2500 m³. Innerer und äußerer Ballon waren durch ein Ventil miteinander verbunden. Auf diese Weise konnte man das Gas aus dem großen Ballon ablassen, ohne mit der schlaffen Ballonhülle einen gefährlichen Windfang zu bieten, da sie abgeworfen werden konnte. Falls der äußere Ballon platzte, reichte der Auftrieb des inneren, um die Gondel in der Luft zu halten.

Das Material der Hülle bestand aus gummiertem Lyoner Taft, der absolut gasdicht war und auch von Säuren nicht angegriffen werden konnte. Diejenigen Stellen, die in gefülltem Zustand dem stärksten Druck vom Netz ausgesetzt sind, ließ Fergusson mit zusätzlichen Taftbahnen unterlegen.

1 m² Taft wog 250 g, so daß die Hülle des großen Ballons mit einer Oberfläche von rund 1300 m² ein Gewicht von 325 kg und die Hülle des kleinen Ballons ein Gewicht von 255 kg besaßen, zusammen 580 kg.

Die Gondel mit einem Durchmesser von 5 m wurde aus Korbweide geflochten und durch Eisenbänder verstärkt. Sprungfedern sollten den Gondelboden vor allzu harten Aufschlägen schützen. Die Gondel hing an Hanfseilen mit dem Ballon zusammen, alles in allem wog sie 140 kg.

Aus 4,5 mm starkem Blech ließ der Doktor zwei Kästen anfertigen, die später durch Röhren und Hähne miteinander verbunden und genau in die Gondel eingepaßt wurden. Beim endgültigen Zusammenbau konnte noch eine Rohrschlange an die Blechbehälter angeflanscht werden, die in zwei verschieden lange Enden auslief. Auch eine stromstarke Bunsen-Batterie gehörte dazu. Der ganze mysteriöse Apparat war so gewichtsparend konstruiert, daß er zusammen mit 110 Litern Wasser nicht mehr als 350 kg wog.

Das Greenwicher Observatorium hatte Dr. Fergusson beraten, als es um die Instrumente ging. Zwei Barometer, zwei Kompasse, zwei Chronometer, ein Sextant, ein künstlicher Horizont und ein Azimutkompaß bildeten schließlich die Meß-Ausrüstung. Dr. Fergusson hatte nicht die Absicht,

physikalische Versuche anzustellen, er wollte mit diesen Instrumenten lediglich die Fahrtrichtung und die geographische Lage von Bergen, Flüssen und Städten exakt bestimmen können.

Dazu kamen noch weitere Hilfsmittel und Werkzeuge: drei eiserne Anker, eine 17 m lange Seidenleiter, ein Zelt, um die Gondel abzudecken, Decken, Gewehre, Kugeln und Pulver.

Große Sorgfalt verwandte er auf die Auswahl der Lebensmittel, denn sie mußten nahrhaft und durften nicht zu schwer sein, da das Gewicht der Gondel nicht zu rasch abnehmen durfte. Daneben wurde auch etwas Ballast verladen, aber nur »für den äußersten Notfall«, da Fergusson glaubte, er habe die Ballastfrage durch seine Spezialkonstruktion gelöst.

Die endgültige Gewichtsaufteilung sah folgendermaßen aus:

Fergusson	67,5 kg
Kennedy	76,5 kg
Joe	60 kg
Äußerer Ballon	325 kg
Innerer Ballon	255 kg
Gondel und Leinen	140 kg
Anker, Instrumente, Decken, Waffen ect.	98 kg
Fleisch, Pemmikan, Zwieback, Tee, Kaffee, Schnaps	190 kg
Wasser	200 kg
»Apparat«	350 kg
Wasserstoff	138 kg
Ballast	100 kg
Summe	2000 kg

5

Die beiden Ballonhüllen hatten ihre Zerreißprobe bestanden, und bis zur Abfahrt blieb noch ein wenig Zeit. Joe war vor Aufregung ständig auf den Beinen und versuchte alle Leute, die er traf, für die Pläne und Ideen seines Herrn zu erwärmen. Vielen zeigte und erklärte er auch den Ballon, und es wäre in Anbetracht der Lage der arbeitenden Klassen in England

ein Wunder gewesen, wenn Joe für seine technische Führung kein kleines Eintrittsgeld erhoben hätte.
Am 16. Februar ging die *Resolute*, ein kombinierter Segler und Schraubendampfer von 800 Tonnen Tragfähigkeit, bei Greenwich vor Anker. Mit diesem Schiff sollte die Expedition bis Sansibar gebracht werden. Die *Resolute* war zuletzt in der Polargegend gewesen, um die Expedition von Sir James Ross mit frischem Proviant zu versorgen. Ihr Kommandant Pennet kannte den Doktor von früheren Reisen her und war an seinem neuen Unternehmen ganz besonders interessiert. Er selbst wirkte eher wie ein Gelehrter als ein Soldat, und die vier Schiffskanonen der *Resolute* hatten bis jetzt nur Salut geschossen.
Am 18. Februar wurde der Ballon samt Ausrüstung verladen. Dr. Fergusson vergewisserte sich, daß die empfindlichen Teile am Boden des Laderaums verstaut wurden. Zu aller Ausrüstung kamen noch 10 t Schwefelsäure und 10 t Alteisen, woraus das Wasserstoffgas destilliert werden sollte. Auf 30 Fässer verteilt, wurden die Grundstoffe für die Gaserzeugung in den Schiffsbauch gehievt.
Kennedy sträubte sich noch immer gegen die Reise. Dennoch schleppte er zwei doppelläufige Präzisionshinterlader und einen Karabiner von Purdey Moore & Dickson mit an Bord. Mit diesen Waffen, behauptete er, könne man einer Gemse auf 2000 Schritt Entfernung wahlweise das rechte oder das linke Auge ausschießen. Dazu steckte er sich »für alle Fälle« zwei sechsschüssige Colts und genügend Munition in die Tasche.
Die Reisenden hatten sich schon an Bord eingerichtet, als die Königliche Gesellschaft für Geographie sie am 20. Februar noch einmal zu einem großen Bankett einlud. Bis spät in die Nacht mußten Fergusson, Kennedy, Pennet und die Schiffsoffiziere einen Trinkspruch nach dem anderen über sich ergehen lassen und hätten nach all den guten Wünschen für ihre Gesundheit, mit denen sie überhäuft wurden, jetzt eigentlich so alt werden müssen wie Methusalem. Kennedy hatte nichts gegen gesellige Abschiedsbankette, aber dieses schmeckte ihm nicht. Er wurde fortwährend beim Essen und Trinken unterbrochen, weil man einen Toast auf seine Courage ausbringen wollte; und dabei wurde er rot, worauf sich

ein Toast auf seine tapfere Bescheidenheit anschloß, worauf er noch tiefer errötete, was ihm den Appetit ganz verdarb, worauf man ihn herzlich-gewaltsam zum Essen und Trinken zwang, was ihm den Magen umdrehte, in welchem Elend er zu der Überzeugung kam, daß er als einziger Gegner des Projekts einen schweren Stand haben würde.
Beim Dessert traf ein Glückwunschtelegramm der Königin ein, und jetzt gingen die Toasts auf Ihro allergnädigste Majestät reihum. Um Mitternacht wurde die Tafel aufgehoben. Die Gäste verabschiedeten sich und stiegen an der Westminster-Bridge in die Boote. Bald hatte die starke Themseströmung sie bis Greenwich gebracht, und um 1 Uhr rührte sich nichts mehr an Bord. Zwei Stunden später heizte man die Kessel an, und um 5 Uhr lichtete die *Resolute* im Morgennebel die Anker und hielt auf die Themsemündung zu.
Alle Gespräche an Bord drehten sich nur um ein Thema: Fergussons Expedition. Der Doktor gab den jungen Offizieren einen kostenlosen Anfängerkursus in afrikanischer Geographie und schilderte ihnen die Reiseabenteuer der bekanntesten Afrikaforscher. Der junge Duveyrier hatte Tuareghäuptlinge von seiner Saharafahrt mit nach Paris gebracht, zwei andere französische Saharaexpeditionen sollten sich in Timbuktu treffen, von Süden her stieß der unermüdliche Livingstone gegen den Äquator vor, seit Mai 1862 wanderte er zusammen mit Mackensie den Rowuma-Fluß aufwärts. Nach Meinung des Doktors würden sämtliche jahrtausendealten Geheimnisse Afrikas noch vor dem Ende des 19. Jahrhunderts enthüllt sein.
Auch über seine eigene Expedition und über seine Berechnungen gab Fergusson bereitwillig Auskunft. Man war vor allem über die geringe Menge Lebensmittel erstaunt, die der Doktor mitgenommen hatte.
»Glauben Sie vielleicht, unsere Reise dauert mehrere Monate? Dann hätten wir das alles ganz anders machen müssen. Wissen Sie, wie weit es von Sansibar bis nach Senegal ist? Nicht viel mehr als 6000, genauer 6500 km! Ist das eine Entfernung? Angenommen, wir bewegen uns nicht einmal so schnell wie die Eisenbahn, sagen wir 400 km in 12 h, dann können wir die ganze Strecke in 7 Tagen hinter uns bringen, wenn wir Tag und Nacht in der Luft bleiben. Ich will

natürlich überall da, wo es sich lohnt, heruntergehen. Wahrscheinlich muß ich auch öfter landen, um zu starken Windströmungen zu entgehen.«

»Ja, damit werden Sie wohl rechnen müssen«, sagte Kommandant Pennet. »Es wurden schon Orkane mit einer Geschwindigkeit von 400 km/h registriert.«

»Sehen Sie«, antwortete der Doktor, »mit einem solchen Sturm könnte man ganz Afrika doch in 12 h überqueren. Frühstück in Sansibar und Abendessen in Saint Louis!«

»Aber halten Ballons denn solche Windgeschwindigkeiten aus?« fragte ein Offizier.

»Auf jeden Fall«, antwortete Dr. Fergusson. »Zur Krönung Napoleons im Jahr 1804 ließ der Ballonfahrer Garnerin um 23 Uhr einen Ballon ab mit der Aufschrift: *Paris, 25. frimaire, an XIII, couronnement de l'empereur Napoléon par S.S. Pie VII.*, am nächsten Morgen um 5 Uhr wurde der Ballon bereits von einigen römischen Frühaufstehern über dem Vatikan gesehen, danach verschwand er über der Campagna und ging schließlich auf den See von Bracchiano nieder. Aber er wird unterwegs eine Menge Gas verloren haben.«

»Ein Mensch hält so eine Teufelsfahrt doch niemals aus!« sagte Kennedy.

»Wieso nicht? Der Ballon bewegt sich ja nicht – in bezug auf die umgebende Luft. Nicht einmal eine Streichholzflamme würde in der Gondel flackern. Aber du brauchst keine Angst zu haben: Wenn es irgend möglich ist, lassen wir unseren Ballon bei Sturm herunter und verankern ihn an einem Baum. Unsere Lebensmittel reichen immerhin für zwei Monate, so daß wir uns schon einige Pausen leisten können. Außerdem kannst du Meisterschütze uns ja zur Genüge mit Antilopenkeulen und Affensteaks versorgen.«

»Um Ihr Schußfeld beneide ich Sie ja, Herr Kennedy«, sagte ein junger Oberfähnrich träumerisch.

»Sie haben nicht nur das Vergnügen, sondern später auch noch den Ruhm, den derartige Unternehmungen ...«

»Ich bedanke mich für Ihre Komplimente, meine Herren«, antwortete Kennedy, »aber ich werde Sie wohl enttäuschen müssen: ich fahre nicht mit.«

»Was, Sie wollen Dr. Fergusson allein lassen?«

»Lassen Sie ihn nur«, sagte Fergusson, »er kommt aus dem

Norden, da liebt man das Theoretisieren. In Wirklichkeit weiß er sehr gut, daß er mitkommt.«
»Beim heiligen Patrick!« rief Kennedy. »Ich bin ...«
»... gemessen und gewogen und mit samt deinen Gewehren und Kugeln einkalkuliert. Wenn du jetzt aussteigst, würdest du das Unternehmen wirklich gefährden. Und du wolltest doch alle Gefahr vermeiden, oder?«

6

Am 30. März zeichnete sich das Kap der Guten Hoffnung in der Ferne ab, und kurze Zeit später legte die *Resolute* im Hafen von Kapstadt an, um Kohlen zu bunkern. Tags darauf umfuhr man die Südspitze Afrikas und hielt auf die Straße von Mozambique zu.
Wenn Fergusson vor den Offizieren dozierte, trieb Joe Volksbildung bei der Mannschaft. Es kostete ihn einige Mühe, bis alle seine Zuhörer die Grundlagen der Luftfahrt begriffen hatten. Aber danach waren seiner Überzeugungsgabe keine Grenzen mehr gesetzt. Er entwarf die kühnsten Reisepläne, und die Matrosen hörten gebannt und gläubig zu.
»Wißt ihr, wenn man einmal auf den Geschmack gekommen ist, dann mag man gar nicht mehr anders reisen. Unsere nächste Expedition geht nur noch nach oben.«
»Da kommt man ja auf den Mond!« meinte einer der Zuhörer.
»Ach, der Mond«, sagte Joe, »Hinz und Kunz fährt heute schon zum Mond. Außerdem gibt es dort kein Wasser, sogar die Luft muß man in Flaschen mitnehmen. Mit dem Mond ist kein Staat zu machen. Aber ein Planetenspaziergang würde mich schon reizen, wenn ihr mich fragt. Man könnte zuerst mal beim Saturn anklopfen.«
»Das ist doch der mit dem Ring drumherum«, sagte ein Maat.
»Ja ja, der Ehering. Nur die Frau ist ihm durchgegangen, Danach besuchen wir den Jupiter, wo der Tag nur 9½ Stun-

den dauert. Das wäre doch etwas für euch Nichtstuer. Ein Jahr dauert dort allerdings 12 Jahre . . .«
»Was, zwölf?« rief ein Schiffsjunge erschrocken.
»Jawohl, Kleiner, als Jupitermensch wärst du noch ein Säugling, und der Alte da hinten wäre ein vierjähriger Knirps.«
»Nicht möglich!« schrien alle, lachten und drehten sich nach dem Alten um.
»Seht ihr, ihr Ignoranten«, antwortete Joe, »wenn man sich nicht umtut in der Welt, wenn man nichts lernt und sieht und nur so dahinvegetiert, dann bleibt man dumm wie ein Meerschwein.«
Dr. Fergusson war bei seinen Vorträgen im Zwischendeck zu den letzten und schwierigsten Problemen der Luftfahrt gekommen: zur Lenkbarkeit des Ballons.
»Ich kenne alle Versuche und Systeme, mit denen man Ballons schon lenken wollte. Die besten Köpfe haben sich daran versucht, aber bis jetzt hat niemand eine brauchbare Lösung gefunden. Die Lenkvorrichtung müßte äußerst wirkungsvoll und gleichzeitig sehr leicht sein, und genau das kann man mit den augenblicklichen Mitteln der Mechanik noch nicht erreichen. Außerdem hat man bisher versucht, nur die Gondel zu lenken und nicht den ganzen Ballon. Das war grundfalsch.«
»Aber wenn man ein Schiff lenken kann, warum nicht auch ein Luftschiff?«
»Ein Schiff läßt sich nur dann steuern, wenn es sich im Wasser aus eigener Kraft fortbewegt. Der Ballon dagegen verhält sich wie ein Boot, das ohne eigenen Antrieb einen Fluß hinunterschwimmt, sich also in bezug auf das Wasser nicht bewegt. Das kann man ja auch nicht steuern.«
»Ist die Ballonkunst schon am Ende?«
»Nein, keineswegs. Es braucht nur ein paar neue, belebende Ideen. Wenn man den Ballon nicht lenken kann, muß man versuchen, z. B. die Fahrthöhe zu verändern. Je höher man nämlich steigt, desto gleichmäßiger werden die Luftströmungen, denen man sich überlassen kann. Wirbel und Änderungen der Windrichtung entstehen nur in Bodennähe, über Tälern und Bergen. In größerer Höhe aber kann man sich die günstigste Strömung dann bequem aussuchen.«
»Die Frage ist nur«, sagte Kommandant Pennet, »wie man

sich auf diese Weise längere Zeit in der Luft halten will, ohne allzuviel Ballast und Gas einzubüßen. Sie steigen, indem Sie Ballast abwerfen, Sie fallen, wenn sie Gas ablassen. Das geht ein paarmal gut, und bei einer Spazierfahrt mag das auch nicht problematisch sein. Aber was wollen Sie auf einer längeren Reise unternehmen?«

»Genau da liegt das Problem. Wie läßt sich der Ballon in vertikaler Richtung lenken, ohne daß man Gas verschwenden muß, denn Gas ist nun mal der Motor und das Herz des Ballons.«

»Eine Methode, zu steigen und zu fallen, ohne Gas zu verlieren, hat eben leider keiner gefunden«, antwortete Pennet.

»Sie entschuldigen, aber es gibt eine Methode.«

»Oh. Und wer ist darauf gekommen?«

»Ich.«

»Sie?«

»Glauben Sie vielleicht, ich wäre mit einem herkömmlichen Ballon auf die Reise quer durch Afrika gegangen? Da hätte ich ja schon nach 24 Stunden mein Gas in der Luft zusammensuchen müssen.«

»In England haben Sie aber nichts davon erzählt, daß Sie etwas Besonderes vorhaben!«

»Die Öffentlichkeit brauchte das auch noch nicht zu erfahren. Ich habe meine Experimente in aller Stille angestellt, sie sind mir gelungen, und das genügt.«

»Verraten Sie wenigstens uns Ihr Geheimnis?«

»Warum nicht?« sagte Fergusson. »Meine Methode ist gar nicht schwierig. Ich werde sie Ihnen kurz erklären. Es gibt eine Reihe von Vorläufern, die versucht haben, ihren Ballon auf und ab zu bewegen, ohne Ballast abzuwerfen oder Gas abzulassen. Monsieur Meunier zum Beispiel baute einen elastischen Preßluftbehälter in den Ballon ein, und der Belgier Dr. van Hecke versuchte, die Flughöhe des Ballons mit Schwingen und Luftschaufeln zu verändern. Die praktischen Resultate dieser Experimente waren gleich Null. Daran konnte ich mit meinen Arbeiten nicht anknüpfen. Das Ballastprinzip wollte ich nur für einen Notfall beibehalten, meine Konstruktion sollte sonst ganz unabhängig davon sein.

Vielleicht haben Sie die Behälter gesehen, die in der Gondel

mit verladen wurden. Darin steckt das ganze Geheimnis. Im ersten Behälter befinden sich 110 l Wasser, die ich mit einigen Tropfen Schwefelsäure leitend gemacht habe. Zwei isolierte Elektroden, die mit einer Bunsenbatterie verbunden sind, reichen in das Wasser und zerlegen es in seine Elemente: Wasserstoffgas und Sauerstoffgas. Der Sauerstoff sammelt sich am positiven Pol und wird von da aus in einen zweiten Behälter geleitet, der Wasserstoff steigt am negativen Pol auf und strömt in einen dritten Kasten. Diese beiden Gasbehälter sind durch verschieden große Ventile mit einem vierten Kasten verbunden, worin sich Wasserstoff und Sauerstoff wieder mischen und am oberen Ende durch eine Platinröhre austreten können, die mit einem Hahn verbunden ist. Der ganze Apparat, meine Herren, ist nichts anderes als ein hundsgewöhnliches Knallgasgebläse.
Um das Knallgasgebläse liegen die enggeführten Windungen einer Rohrschlange, deren unteres Ende in ein kurzes Steigrohr mündet, während das obere Ende in ein langes gerades Rohr ausläuft. Beide Rohre reichen in das Innere des Ballons, das lange bis knapp unter die Spitze, das kurze nur in den unteren Teil.
Wenn das Knallgasgebläse nun entzündet wird und die Windungen der Rohrschlange erhitzt, erwärmt sich der Wasserstoff darin und steigt empor. Er tritt innerhalb des Ballons aus dem langen Rohr an der Spitze aus, vergrößert das Volumen und drückt kalten Wasserstoff in die untere Rohröffnung. Der durchläuft die Rohrschlange, wird erhitzt, steigt – nun ja, und so weiter, ein ständiger Wärmeaustausch, ein Gasstrom erhöht die Temperatur im Innern des Ballons, und er steigt.
Jeder Grad Hitze vergrößert das Gasvolumen um $^1/_{267}$. Erhitzt man die gesamte Gasmenge des Ballons um beispielsweise 10 Grad, dehnt sich das Gas um $^{10}/_{267}$ aus, es verdrängt 62 m³ mehr, das heißt, seine Auftriebskraft steigt um rund 80 kg. Bei 100 Grad erhöht sich das Gasvolumen um $^3/_8$ auf rund 2300 m³, der Ballon kann 800 kg mehr tragen.
Mein Ballon ist so berechnet, daß er mit halber Füllung das Gesamtgewicht gerade eben in der Luft halten kann. Sobald die Gastemperatur höher ist als die Temperatur der umgebenden Luft, dehnt sich das Gas aus, die Hülle strafft sich,

und der Ballon steigt. Kühlt das Gas ab, dann fällt er wieder. Das Steigen geht natürlich bedeutend rascher als das Fallen. Aber das ist mir gerade recht, wenn ich gezwungen bin, Hindernissen schnell auszuweichen. Unten liegen die Gefahren, nicht oben. Und für Notfälle bleibt mir auch noch der Ballast; die Gasklappe an der Oberseite der Ballonkugel ist nur ein Sicherheitsventil.

Für die Praxis habe ich folgendes berechnet:

Der Wasservorrat von 110 l erzeugt bei seiner Zerlegung 220 Pfund Sauerstoff und 25 Pfund Wasserstoff, das heißt unter normalen Druckverhältnissen 70 m^3 Sauerstoff und 140 m^3 Wasserstoff, zusammen 210 m^3 Mischung. Das voll geöffnete Knallgasgebläse, das ein sechsmal stärkeres Licht erzeugt als eine große Straßenlaterne, verbraucht pro Stunde 1 m^3 Mischung, zur Fahrt in mittlerer Höhe genügen mir aber schon 0,2 m^3/h, das heißt, mit 110 l Wasser kann ich rund 700 h oder 29 Tage in der Luft bleiben. Da unterwegs überall die Möglichkeit besteht, Wasser aufzunehmen, sind unserer Reise keine praktischen Grenzen gesetzt. Das ist der ganze Apparat; nichts anderes als eine Zimmerheizung, in der statt Luft Gas erwärmt wird.«

Diese Erläuterungen schienen so klar und logisch, daß keiner etwas dagegen einzuwenden fand. Man feierte die geniale Idee, aber schließlich fiel dem Kommandanten doch etwas auf:

»Knallgas, Doktor ... Sie müssen zugeben, daß Ihre Konstruktion eine ständige Gefahrenquelle ist.«

»Aber sie ist praktisch«, antwortete Fergusson lachend, »und Ballonfahrer müssen sich daran gewöhnen, mit dergleichen Gefahren zu leben.«

7

Unter günstigem Wind hatte die *Resolute* die Straße von Mozambique rasch durchfahren, bald kam die Insel Sansibar in Sicht, die nur 50 Kilometer vor der afrikanischen Küste liegt. Am 15. April Punkt 11 Uhr ging das Schiff im Hafen

der Hauptstadt Sansibar vor Anker. Die Insel gehört zum Besitztum des Sultans von Maskat, einem Verbündeten Englands und Frankreichs. Der Hafen ist ein Hauptumschlagplatz für Gummi, Elfenbein, ganz besonders aber für Sklaven. Häuptlinge vom Festland liefern gewöhnlich ihre gesamte Kampfesbeute in Sansibar ab, von wo aus der Markt an der Ostküste bis hinauf zum Nil versorgt wird. Guillaume de Jean hat sogar Sklaventransporte unter französischer Flagge entdeckt.
Gleich nach der Ankunft kam der englische Konsul an Bord und bot seine Hilfe an, wo man sie nur benötige. Er hatte das Projekt zunächst mit Skepsis in den Berichten der europäischen Zeitungen verfolgt, als Dr. Fergusson aber in voller Lebensgröße vor ihm stand, sagte er leise und kleinlaut:
»Ich zweifelte, Sir, aber jetzt glaube ich.«
Reisende und Gepäck wurden in der Villa des Konsuls untergebracht. Dr. Fergusson erfuhr, daß Kapitän Speke mit seiner Expedition nur sehr langsam vorwärtskam und daß mit Nachrichten in nächster Zeit nicht mehr zu rechnen war.
»Woran hängt's denn?« fragte Fergusson.
Der Konsul zuckte die Schultern.
»Hitze, Durst und Hunger, vermute ich.«
In Hafennähe fand man einen geeigneten Platz, wo der Ballon zusammengebaut und aufgepumpt werden konnte. Ein dicker Turm, der die Form einer riesigen senkrecht aufgestellten Tonne hatte, gab Schutz vor dem Ostwind, und außerdem konnte man die neugierig herumlungernden belutschischen Polizeiobergefreiten dort hinaufschieben und das umliegende Gelände von der Plattform aus sichern lassen.
Man hatte soeben mit dem Ausladen beginnen wollen, da erfuhr der Konsul aus der Bevölkerung, die Eingeborenen wollten den Ballonstart mit Waffengewalt verhindern. Von Christen, die sich in die Luft erheben, hielten die leicht reizbaren und abergläubischen Neger nichts. Sie fürchteten für die Sicherheit ihrer Sonnen- und Mondgötter und waren fest entschlossen, die Störenfriede ihrer Götter mit allen Mitteln am Aufsteigen zu hindern.
Kommandant Pennet wollte sich diesen Drohungen um keinen Preis beugen, aber Dr. Fergusson fürchtete, der Ballon

könnte trotz Bewachung ernsthaft beschädigt werden. Er besprach sich mit dem Konsul, und der empfahl ihm, den Start auf einer kleinen Insel jenseits des Hafens vorzubereiten und englische Matrosen als Wache aufziehen zu lassen.

Am nächsten Morgen lief die *Resolute* daher die kleine Insel Kumbeni an, und die Ballonteile wurden auf einer Waldlichtung abgeladen. In harter Arbeit wurden zunächst 27 m hohe Masten in einer Entfernung von 27 m in den Boden gerammt und über Rollenführung mit einem Tau verbunden, mit dem der Ballon hochgezogen werden konnte.

Das Gas sollte erst am nächsten Tag, dem 17. April, produziert werden, weil die Ausgangsstoffe, 8250 kg Alteisen, 8223 l Schwefelsäure und 4250 l Wasser, noch nicht bereitstanden. Die Gasproduktion wurde auf dreißig Tonnen verteilt. Sobald das Wasser mit Schwefelsäure und Eisen in Verbindung kam, sonderte sich der Wasserstoff ab und wurde nach einem besonderen Reinigungsprozeß in einem Sammelbehälter aufgefangen. Inzwischen waren die Zuleitungen bereits an die Ballonhülle angeschlossen worden, und der Ballon füllte sich allmählich mit der genau bemessenen Gasmenge.

Die Füllung dauerte beinahe 8 Stunden. Am nächsten Morgen schwebte der Ballon über der mit Sandsäcken beschwerten Gondel. Jetzt fehlten nur noch die Gasröhren an den Heizzylindern, und nach dem Verladen der Ausrüstung war der Ballon startbereit. Rings um die Insel wurden die Wachen verdoppelt, und die Boote der *Resolute* suchten das Wasser ab.

Einige Eingeborene hatten bereits versucht, die Insel anzuschwimmen. Auf dem Festland tanzten Medizinmänner zwischen den aufgeputschten Gruppen umher und brachten die Neger in Raserei. Regenmacher beschworen die Wolken und riefen Orkane und Hagel herab. Die sonderbarsten Blattmischungen wurden bei schwachem Feuer zu einem Hexensud gekocht, und ein Hammel mußte eine Ritualschlachtung über sich ergehen lassen: man bohrte ihm eine lange Nadel ins Herz. Aber der Himmel blieb klar, der Hammel starb einen vergeblichen Tod, Grimassen waren umsonst geschnitten worden. Da suchten die Neger ihren Trost im Alkohol

und veranstalteten eine furchtbare Orgie mit *Tembo*, einem Kokoslikör, und *Togwa*, einem Starkbier. Ihre monotonen, rhythmisierten Gesänge verklangen erst spät in der Nacht.

Der Ballon schaukelte leicht im Ostwind, als die Reisenden um 6 Uhr früh am anderen Morgen zur Insel hinübergerudert wurden. 20 Matrosen hielten das Luftfahrzeug am Boden, da die Sandsäcke aus der Gondel entfernt werden mußten. Jetzt packte Kennedy den Doktor plötzlich am Arm und fragte:

»Du fährst also, Samuel?«

»Ja.«

»Bitte, sag mir, ob ich nicht mit allen mir zur Verfügung stehenden Mitteln versucht habe, dich von dieser Reise abzuhalten?«

»Allerdings.«

»Ich brauche mir also keine Vorwürfe zu machen?«

»Absolut nicht.«

»Na, dann kann ich ja wohl auch mitfahren.«

»Ich hab's ja gewußt!«

Gegen 9 Uhr stiegen die Reisenden nach einem bewegenden Abschied von den englischen Freunden in die Gondel, der Doktor schaltete das Knallgasgebläse ein und drehte die Flamme voll auf. Nach wenigen Minuten hob sich der Ballon, und die Matrosen ließen so viel Halteleine nach, bis die Gondel 7 m über dem Boden schwebte.

Da nahm Fergusson den Hut ab, sah ernst auf den Ballon über sich und rief:

»Ich taufe dich *Victoria!*«

Prompt kam von unten die Antwort:

»God save the Queen and the merry old England!«

»Gloria, *Victoria!*«

»Ist das ein Ballon!«

»Riesenhaft!«

»Königlich!«

Jetzt konnten die Matrosen an den Haltetauen dem Auftrieb des Ballons kaum noch Widerstand bieten. Fergusson sah, daß es soweit war.

»Festhalten!« schrie er seine Freunde an, und »Loslassen!« die Matrosen.

Unter Rufen und Winken schoß die pralle *Victoria* in den Himmel, und die *Resolute* im Hafen von Sansibar feuerte Salut.

8

Die Barometersäule war bereits um 5 cm gesunken, ehe die Steigbewegung nachließ und dann ganz aufhörte: 500 m Höhe waren erreicht. Eine schwache Luftströmung trieb die *Victoria* nach Südwesten, und bald konnten die Reisenden die ganze Insel Sansibar überblicken. Bäume und Wäldchen erschienen nur noch wie große Sträuße inmitten von bunten Feldern, und Menschen schrumpften zu Insekten zusammen. Das Hurrageschrei, selbst die Schüsse klangen allmählich ab.
Joe konnte sich vor Staunen und Begeisterung kaum noch halten. Auch Kennedy riß die Augen auf, nur der Doktor war mit seinen Instrumenten beschäftigt, denn jetzt mußte sich erweisen, ob seine Konstruktion auch in der Praxis funktionierte.
Unter dem Einfluß der Sonnenwärme blähte sich die Ballonhülle weiter auf und ließ die *Victoria* auf 850 m steigen. Aus der *Resolute* war eine Schaluppe geworden. Weit im Westen leuchtete der Schaumstreifen vor der afrikanischen Küste.
Dr. Fergusson kontrollierte unablässig Thermo- und Barometer während der Fahrt über das Meer. Er wollte die Höhe vorerst halten, um den Küstenstreifen ganz überschauen zu können. Der Ballon hatte eine Geschwindigkeit von 15 km/h über Grund, so daß er sich nach etwa zwei Stunden der Küste beträchtlich genähert hatte. Da drosselte Dr. Fergusson die Gasflamme und ließ die *Victoria* bis auf 300 m sinken.
Mangrovendickichte bedeckten überall den Strand, und es war zu erkennen, wie der Ozean ihre dicken Wurzeln benagte. Die früheren Stranddünen bildeten landeinwärts den Horizont, den der Nguru-Berg im Nordwesten überragte.
Bald überflogen sie das Dorf Kaole, dessen Einwohner in Wutgeheul ausbrachen und einen Pfeilhagel auf das fliegende Monstrum abschossen; aber Gas- und Windgott trie-

ben es in sicherer Entfernung vorbei. Der Wind hatte inzwischen etwas gedreht, so daß der Ballon von seiner ursprünglichen Richtung nach Süden abwich. Das war Fergusson nur recht, weil er so der Reiseroute von Burton und Speke dichter folgen konnte.

Kennedy und Joe plapperten um die Wette:

»Wie lächerlich sind Dampferfahrten.«

»Was hat man schon von Pauschalreisen mit der Bahn, man durchrast die Länder ohne Sinn und Verstand!«

»Ballonfahrten sind überhaupt das Allergrößte.«

»Es ist wie im Traum.«

»Wie wär's mit dem Frühstück? Ein Schnellimbiß mit Zwieback und Konservenfleisch?«

»Den Kaffee kannst du auf meinem Knallgasherd kochen. Aber paß auf, daß du den Ballon nicht in Brand steckst.«

»Eigentlich fliegen wir mit einem Pulverfaß durch die Luft.«

»Du übertreibst, Dick«, antwortete Dr. Fergusson. »Das Gas würde nicht auf einmal, sondern allmählich verbrennen, so daß wir ziemlich sanft auf dem Boden landen würden.«

»Ah, der Kaffee. Gut gemacht, Joe!«

»Willst du uns nicht einmal dein Geheimrezept verraten? Wir sind hier doch unter uns.«

»Ganz einfach: ein Teil Mokka, ein Teil Bourbon, ein Teil Rio-Nuñez. Hoch die Tassen!«

Die Geschwindigkeit hatte sich inzwischen auf 20 km/h erhöht, die *Victoria* trieb über einem üppig bewachsenen Landstrich dahin. Mais-, Tabak- und Gerstenfelder wechselten mit dichten Gehölzen, durch die sich schmale Pfade schlängelten. Dann tauchten Reisfelder auf mit purpurfarbenen Blüten, weiter nach Süden hin erstreckten sich Baumwollstauden, Kokosnuß- und Melonenplantagen.

Wenn sie über Dörfer flogen, achtete Dr. Fergusson sorgsam auf die Höhe, um außerhalb der Reichweite von Pfeilen zu bleiben, denn überall, wo die *Victoria* in Sicht kam, brach unten ein Höllenspektakel los, und die Dorfbewohner fluchten dem Ballon noch lange nach.

Über dem Dorf Tunda ließ Fergusson den Ballon höher steigen als sonst. Von Spekes Expedition her wußte man, daß die Gegend von Malariaerregern nur so wimmelte. Speke und Burton hatten hier ihre ersten Sumpffieberanfälle

Jedesmal, wenn der Ballon über einem Eingeborenendorf erschien, die gleiche Reaktion: Geheul und ganze Wolken von Pfeilen stiegen zu ihm auf.

bekommen. Hoch über der Miasmenzone der feuchten Erde, deren Dunst von der brennenden Sonne aufgesogen wurde, schwebte die *Victoria* dahin. Zuweilen waren Kraals zu sehen, von Dickicht und Dschungel geschützte Plätze, in denen Handelskarawanen auf Abkühlung am Abend warteten, um dann weiterzuziehen. Sobald die *Victoria* in Sichtweite kam, sprangen die Eingeborenen auf, liefen durcheinander und flohen in alle Richtungen. Kennedy hätte sich die Wilden gern einmal aus der Nähe angesehen, aber Fergusson fürchtete die Gewehre ihrer Anführer.

»Für was halten die uns wohl?« fragte Joe. »Ob sie uns anbeten?«

»Hoffentlich. Beten ist wenigstens ungefährlich«, antwortete Dr. Fergusson. »Seht nur, wie sich die Landschaft vor uns ändert. Kaum noch Dörfer, keine Mangobäume mehr, der Vegetationsgürtel ist hier zu Ende.«

»Ich kann in der Ferne auch schon einige Hügel erkennen«, rief Kennedy.

»Dort im Westen«, antwortete der Doktor, »zeichnen sich die ersten Ketten des Urizara-Gebirges ab, dort, jenseits des Duthumiberges, werden wir auch die Nacht verbringen. Bis dahin müssen wir unsere Höhe von 200 m halten.«

»Hier oben merkt man erst richtig, wie genial Ihr Einfall ist, Herr Doktor«, sagte Joe, »Hahn auf, Ballon hoch, das geht wie geschmiert.«

»Die Vorrichtung kann uns vor allem bei Gefahr mal nützlich werden«, meinte Fergusson. »Die Neger sind nicht immer sehr gastlich. An einem der Affenbrotbäume da unten ist vielleicht der 26jährige Franzose Maizan 1845 ums Leben gekommen. Ein Negerhäuptling hatte ihn gefangen und an den Baum gebunden, dann wurde er langsam bei Gesang frikassiert. Seine Gliedmaßen verlor er noch verhältnismäßig human: sie wurden mit einem scharfen Messer abgetrennt. Aber den Kopf riß ihm der Häuptling mit den Händen herunter.«

»Können wir nicht vielleicht ein bißchen höher . . .?« fragte Joe.

»Meinetwegen«, antwortete der Doktor, »wir müssen ohnehin den Berg Duthumi überfliegen. Ich rechne damit, daß wir unseren Schlafplatz vor 19 Uhr erreichen.«

»Nachts fahren wir nicht?« fragte Kennedy.
»Ich will es möglichst vermeiden. Schließlich wollen wir Afrika ja sehen, nicht nur ahnen.«
Langsam öffnete Dr. Fergusson die Knallgaszufuhr, die *Victoria* huschte den Berghang hoch bis auf 1000 m, um 20 Uhr überquerte sie den Kamm und sank dann langsam am jenseitigen Abhang hinunter. Der ausgeworfene Anker verhakte sich in einem Nopalbaum, Joe ließ sich am Seil hinab und machte ihn fest. Man warf ihm die Seidenleiter zu, damit er wieder einsteigen konnte. Fast unbeweglich stand der Ballon in der Luft, der Berg hielt den Ostwind ab.
Beim Abendessen wollte Kennedy wissen, wie weit sie heute geflogen seien. Dr. Fergusson mußte erst seine Karten zu Rate ziehen. Er besaß den bekannten Afrika-Atlas seines Freundes Petermann aus Gotha, der auch schon die jüngsten Entdeckungen kartographiert hatte, außerdem ein Handbuch der Nil-Forschung mit dem Titel: *The sources of the Nil, being a general survey of the basin of that river and of its head stream with the history of the Nilotic discovery by Charles Beke, th. D.*, und natürlich sämtliche Karten aus den Bulletins der Königlichen Gesellschaft für Geographie. Der Landeplatz befand sich 2° westlich von Sansibar: 200 km hatte der Ballon demnach zurückgelegt.
Die Nacht wurde in drei Wachen zu je 3 h eingeteilt. Dr. Fergusson übernahm um 21 Uhr die erste, und die beiden anderen rollten sich in ihre Decken.

9

Die Nacht verging ohne Zwischenfall, nur klagte Kennedy am Morgen über Erschöpfung und fiebrigen Schüttelfrost. Das Wetter schien umzuschlagen, Wolken zogen sich am Himmel zusammen, alsbald ging ein Platzregen auf den Ballon nieder. Die ohnehin schwer zugänglichen, durch Dornen und Lianen versperrten Dschungelpfade wurden von Sturzbächen völlig unbegehbar gemacht. Innerhalb weniger Augenblicke erhob sich ein Gestank wie von Schwefelwasserstoff.

»Burton hat nicht übertrieben«, sagte der Doktor, »bei diesem Gestank vermutet man hinter jedem Busch eine faulende Leiche.«
»Herr Kennedy scheint sich hier gar nicht wohl zu fühlen«, sagte Joe.
»Kein Wunder«, antwortete Fergusson, »schließlich halten wir uns in einer der ungesündesten Gegenden Afrikas auf. Weshalb bleiben wir eigentlich noch? Frühstücken können wir oben!«
Joe hakte den Anker los, und die *Victoria* flog in Regen und Wind hinein. Hütten tauchten in dem gelblichen Nebel auf, das Land zeigte sich plötzlich verändert. Kennedy jammerte sehr über sein Fieber.
»Hab noch ein bißchen Geduld«, sagte Dr. Fergusson, »ich kuriere dich gleich mit einem kostenlosen Wundermittel.«
Er drehte die Knallgaszufuhr auf, so daß der Ballon über den feuchten und stickigen Dunst stieg und bald auch die Regendecke durchstieß. Unter der Gondel brodelten die Wolken und reflektierten das Sonnenlicht, während sie zusammenflossen. Aus einer Höhe von 1300 m war die Erde nicht mehr zu sehen, nur der Gipfel des Berges Rubeho ragte in 80 km Entfernung aus dem Wolkenmeer. Bei ihm lag die Grenze des Ugogo-Landes.
Die Temperatur war gesunken, der Wind trieb den Ballon mit einer Geschwindigkeit von 30 km/h vor sich her, ohne daß die Reisenden von ihrer Fortbewegung etwas gemerkt hätten, und nach drei Stunden war Kennedy tatsächlich fieberfrei und frühstückte mit Heißhunger. Joe war von der Heilwirkung der Höhenluft so begeistert, daß er sich vornahm, auf seine alten Tage in ein Ballonsanatorium zu ziehen.
Das Wetter klarte gegen zehn Uhr auf, und durch ein Loch in den Wolken wurde die Erde wieder sichtbar. Fergusson variierte jetzt die Flughöhe so lange, bis er in 200 m Höhe eine Strömung fand, die den Ballon nach Nordosten führte. Im Osten entschwand die Provinz Zungomero mit ihren letzten Kokospalmen, und das Gelände stieg wieder an. Der Doktor manövrierte die *Victoria* mit großer Geschicklichkeit an einigen schroffen Bergspitzen vorbei.
»Stellt euch vor«, sagte er, »wir hätten da unten auf dem

aufgeweichten Boden marschieren und den ganzen Ausrüstungskram mitschleppen müssen. Die Hälfte unserer Lasttiere wäre sicher schon eingegangen, und wir hätten uns mit den Launen von Trägern und Führern herumschlagen müssen. Tagsüber würde uns drückende Schwüle zur Verzweiflung bringen, und nachts hätten uns Mücken rasend gemacht, deren Stechrüssel jeden Stoff durchdringen. Dazu die Kälte, die Raubtiere und die Eingeborenen! Ganz schön Courage müssen die Reisenden gehabt haben, die bis hierher vorgedrungen sind, und ihre Berichte können einem auch das Blut gefrieren lassen.«

Der Ballon hatte sich dem Becken von Imendsche genähert und brachte wiederum Eingeborenenstämme in Aufruhr, die zu den Waffen griffen, feuerten, den Ballon aber niemals erreichten. Von der Niederung aus erstreckten sich wellige Vorgebirge bis zur höchsten Kette des Usagara-Massivs, dem Rubeho. Jetzt war zu erkennen, daß dieses Gebirge sich in drei Stufen bis zur Küste hin senkte. Die östlichen Abhänge dieser kegelförmigen, abgeschliffenen Bergrücken fallen steil ab, während die westlichen in sanft ansteigende Hochebenen übergehen. Die Senken zwischen den Bergkegeln sind von Geröllablagerungen und erratischen Blöcken übersät, nur der dunkle Boden der Ebene trägt fruchtbare Vegetation. Weite Flächen mit Sykomoren, Tamarinden, Kürbisbäumen und Palmen werden von Flüßchen durchschnitten, die alle nach Osten in den Kingani-Fluß münden. »Jetzt heißt es aufpassen«, warnte Fergusson. »Dem Rubeho da vorne, der bei den Eingeborenen *Paß des Windes* heißt, müssen wir in großer Höhe aus dem Weg gehen, und zwar nach meiner Karte in 1600 m.«

Die Ballonhülle war zu drei Vierteln aufgebläht, als der Barometerdruck eine Höhe von 2000 m anzeigte.

»Können wir uns hier oben eigentlich lange halten?« fragte Joe.

»Mit einem genügend großen Ballon kann man schon einige Kilometer steigen«, antwortete der Doktor. »Brioschi und Gay-Lussac ließen ihrem Ballon so lange freien Auftrieb, bis ihnen das Blut aus Mund und Ohren schoß. Der menschliche Organismus hält die dünne Luft nicht lange aus. Zwei anderen Franzosen, Barral und Brixio, riß der Ballon . . .«

»Und stürzte ab?« fragte Kennedy.
»Ja, aber wie Wissenschaftler eben sind: sie blieben unverletzt.«
In 2000 m Höhe war die dünnere Luft schon deutlich zu spüren. Die Stimmen klangen weniger deutlich, die Ballonfahrer begannen mit einemmal, sich apathisch zu fühlen. Menschen und Tiere waren aus dieser Höhe nicht mehr zu erkennen, Seen erschienen wie Teiche, und die breitesten Pfade zogen sich wie haardünne Striche durch das Land.
Ein Luftstrom packte plötzlich den Ballon und riß ihn über ein kahles Gebirgsmassiv hin. Zur Überraschung der Reisenden glänzten dort unten Schneefelder im Schein der Sonne, die jetzt senkrecht über ihnen stand. Das zerklüftete und schroffe Massiv mußte während der ersten Oberflächenfaltungen entstanden sein und sich fast unverändert erhalten haben; Dr. Fergusson skizzierte in seinem Zeichenblock den Verlauf der vier nebeneinanderliegenden Gebirgskämme.
Jenseits des Rubeho-Gebirges begann die *Victoria* zu sinken und folgte den mit dunkelgrünen Bäumen bewachsenen Hängen, die bald wieder zu einer gebirgigen Wüstenlandschaft wurden. Die Hügel gingen weiter unten schließlich in gelbliche, dürre Ebenen über, auf denen nur Salzpflanzen und Dornenbüsche wuchsen. Am Horizont zeichneten sich Baumgruppen und schließlich Wälder ab. Dort angekommen, ließ Fergusson den Ballon hinuntergehen und warf den Anker aus, der an einer riesigen Sykomore hängenblieb. Ankerchef Joe stieg ab und band die Leine fest. Das Knallgasgerät wurde nicht abgeschaltet, damit der Ballon aufrecht in der Luft blieb. Der Wind war eingeschlafen.
»Nimm zwei Flinten mit, Dick«, sagte der Doktor, »eine für dich und eine für Joe, und laßt euch nicht ohne Antilopenfilet wieder blicken!«
»Halali«, rief Kennedy, schwang sich über den Rand der Gondel und stieg hinunter. Joe war von Ast zu Ast gehüpft und genoß den festen Boden unter seinen Füßen mit Kniebeugen, Liegestütz und anderer Morgengymnastik. Fergusson konnte jetzt das Knallgasgebläse abschalten, denn ohne Kennedy und Joe hielt sich die *Victoria* von allein in der Luft.
»Nicht daß Sie sich inzwischen davonmachen, Herr Doktor!« rief Joe.

»Keine Angst. Ich werde sogar für euch Wache stehen. Wenn ich den Karabiner abfeuere, heißt das: sammeln.«
Das Land war öde und dürr, Kennedy und Joe traten auf einen tonigen, von der Hitze aufgerissenen Boden. Hie und da fanden sie Überreste menschlicher und tierischer Skelette, die in der Sonne bleichten, Spuren untergegangener Karawanen.
Als sie eine halbe Stunde später durch einen Gummibaumwald schlichen, immer mit dem Finger am Abzug, gab Kennedy plötzlich ein Zeichen, und Dick blieb stehen. In einem nahen Flußbett standen etwa zehn Antilopen und tranken aus abgestandenen Tümpeln. Nach kurzem Schlürfen streckten sie ihre schmalen Köpfe in die Luft und witterten in Richtung der Jäger. Kennedy pirschte sich auf Schußweite heran und feuerte. Sofort stob die kleine Herde auseinander, aber ein Bock, von einem Blattschuß getroffen, blieb zurück und ging langsam in die Knie. Es war eine Blau-Antilope, eine seltene Art, mit graublauem Fell, an dem Bauch und Innenseite der Beine weiß blieben.
Kennedy war stolz auf seinen sauberen Blattschuß und hätte das Fell sehr gerne mitgenommen und gegerbt, wenn der Ballon die Zuladung ausgehalten hätte. Da das nicht möglich war, zerlegten sie die Antilope an Ort und Stelle, der Schotte errichtete eine Feuerstelle, während Joe ein Dutzend Koteletts und einige Filets vom zartesten Stück der Lende herausschnitt. Die brieten sie dann *à la nature*. Joe war in diesen Dingen tatsächlich ein Könner, erst im vergangenen Jahr hatte er im Amateurwettbewerb der Londoner Metzgerinnung den ersten Preis gewonnen.
Da krachte plötzlich ein Schuß in der Ferne.
»Der Karabiner!« rief Kennedy. »Das Warnsignal!«
Sie packten Koteletts und Filets eilig zusammen und bahnten sich einen Weg durch das Dickicht, das den Blick auf die *Victoria* versperrte. Da wurde auch schon der zweite Schuß abgefeuert.
Sie liefen, so schnell sie konnten, und sahen schließlich vom Waldrand aus die *Victoria* im Wind schaukeln, erkannten auch die Umrisse von Fergusson in der Gondel . . .
»Hölle und Teufel!« fluchte Kennedy.
»Mit einem halben Negerstamm hat er's zu tun!« rief Joe.

Beim Näherkommen sahen sie etwa 30 dunkle Gestalten mit Geschrei um die Sykomore herumspringen, einige hatten auch schon den Baum erklommen. Da schoß der Doktor zum drittenmal und traf einen Eingeborenen, der bereits die Halteleine emporkletterte. Leblos stürzte der Körper in den Baum, riß einige Zweige mit, blieb dann aber einige Meter über dem Boden hängen. Arme und Beine baumelten in der Luft.

»Woran hält der Kerl sich denn noch fest?« rief Joe.

»Egal«, antwortete Kennedy, »nichts wie vorwärts.«

Plötzlich brach Joe in dröhnendes Gelächter aus:

»Na, mit seinem Schwanz hält er sich fest! Es ist ein Affe, das Ganze ist nichts als eine wild gewordene Affenbande!«

Auch Kennedy hatte das erkannt und schoß in das Pavianrudel hinein. Zuerst schnitten die hundsköpfigen Tiere vor Schreck seltsame Grimassen, dann aber machten sie kehrt, und nur noch ihre bunten Hinterbacken leuchteten in der Sonne. Kennedy kletterte die Leiter hoch, Joe band die Ankerleine los, die Gondel senkte sich zu ihm herab, alle Mann waren wieder an Bord. Die *Victoria* gewann langsam an Höhe und schwebte, von einem leichten Wind getrieben, nach Westen.

»Wir dachten zuerst, Eingeborene hätten dich beim Studieren gestört«, sagte Kennedy.

»Es waren Affen mit Bildungstrieb«, antwortete Dr. Fergusson.

»Von weitem fast das gleiche«, sagte Kennedy.

»Na, na«, sagte Joe, »Neger haben doch keinen so farbenfrohen Hintern!«

»Bunt oder einfarbig, man hält hierzulande nicht viel von uns. Die Folgen wären nicht auszudenken gewesen, wenn sich der Anker gelöst hätte«, sagte Dr. Fergusson. Gegen 16 Uhr wurde die *Victoria* von einem frischen Wind gepackt und mußte auf 500 m steigen, um den Bodenerhebungen auszuweichen. 3 Stunden später identifizierte Dr. Fergusson eine dichtbebaute, 15 km lange Niederung als das Becken von Kanyeme.

»Die Dörfer gehören zum Sultanat von Ugogo«, erklärte er, »und ihre Bewohner haben der Zivilisation bereits viel abgeguckt und große Fortschritte gemacht: Bei jedem Verkauf

von Familienmitgliedern erheben sie nämlich Umsatzsteuern, und nicht zu geringe!«

Die runden Hütten, die wie Heuschober zwischen Affenbrot- und Kürbisbäumen versteckt lagen, waren bald verschwunden, und nach einer flotten Fahrt über ausgedörrtes, steiniges Gelände ließ der Wind plötzlich nach, der Ballon bewegte sich kaum noch und blieb endlich über einer fruchtbaren Niederung stehen. Auch in größeren Höhen fand Fergusson keinen Wind mehr, so daß er sich entschloß, über Nacht in der Luft zu bleiben. Zur Sicherheit ließ er den Ballon noch ein paar hundert Meter höher steigen und übernahm dann die erste Wache.

Eine sternklare Nacht brach herein. Langsam kühlte sich die Luft ab, und während der zweiten Wache kamen die Tiere aus ihren Schlupfwinkeln heraus, um nach Beute zu suchen. Bald heulten die Schakale, Frösche quakten in den Tümpeln, und vereinzelt hörte man auch Löwengebrüll.

Noch während der Nacht war Wind aufgekommen und hatte den Ballon bis zum Morgen etwa 50 km nach Nordosten abgetrieben, bis in die Gegend von Mabunguru. Der kahle Boden war hier von Steinbrocken und Syenitblöcken übersät, dazwischen ragten Druidensteine und glattgeschliffene Steinkegel hervor, die Fläche sah stellenweise aus wie das Menhirfeld von Carnac in der Bretagne, und nur die ausgebleichten Knochen von Büffeln und Elefanten erinnerten an Afrika. Wälder und Dörfer blieben im Osten liegen, der Ballon hielt geradewegs auf einen abgerundeten Felsrücken zu, der wie eine kilometerdicke Schildkröte aus der Ebene aufragte.

»Die Richtung stimmt«, sagte der Doktor. »Wir landen hier kurz, um das Knallgasaggregat mit frischem Wasser zu versorgen.«

Aber das ging nicht so rasch und so einfach. Es gab kaum einen Baum, der Anker schleifte ein Stück am Boden entlang und verhakte sich schließlich in einer Felsspalte. Auf der Karte waren in dieser Gegend Teiche eingezeichnet. Joe wurde mit einem 40-l-Kanister auf Wassersuche geschickt. Er durchquerte ein verlassenes Dorf und stürzte dahinter beinahe in eine Elefantenfalle, fand aber dann einen Tümpel, an dem er seinen Kanister füllen konnte. Fergusson war froh,

als der Diener zurückkam, denn in dieser unwirtlichen Gegend war ihm durchaus nicht ganz geheuer.
Das Gebläse wurde so weit gedrosselt, daß die Gondel am Boden anstieß und Joe bequem einsteigen konnte. Ganz abstellen konnte Fergusson den Apparat in dieser Höhenlage aber nie, da die normale Gasspannung des Ballons auf Meereshöhe berechnet war.
Um den Ballon nicht unnötig zu strapazieren, hielt Fergusson die *Victoria* jetzt in geringer Höhe über Grund, der hier bereits an die 1000 m hoch lag. Der Wind blies aus Südosten und trieb den Ballon mit einer Geschwindigkeit von 40 km/h nach Nordwesten. Um 14 Uhr, bei voller Mittagshitze und abflauendem Wind, erschien der Ballon über der Stadt Kazeh, 560 km von der Küste entfernt.
»In zwei Tagen«, sagte der Doktor, »haben wir 800 Kilometer zurückgelegt. Burto und Speke marschierten die gleiche Strecke in viereinhalb Monaten.«

10

Kazeh liegt am Schnittpunkt zweier Karawanenstraßen und ist einer der wichtigsten Umschlagplätze Zentralafrikas. Vom Süden werden Elfenbein und Sklaven, vom Westen Baumwolle und Glasprodukte angeliefert. Die Umgebung von Kazeh ist das eigentliche »Mondland«, das Land Unfamwegi, der fruchtbare Mustergarten Afrikas. Einige Araberfamilien, die seit Generationen in Zentralafrika und Arabien mit Sklavenhandel und Luxuswaren Geschäfte gemacht hatten, haben sich hier niedergelassen, und ihre reich gewordenen Nachfolger und ehemaligen Kunden, die sich in diesem bezaubernden Landstrich mit Frauen und Sklaven eingerichtet hatten, konnten ihr Leben, eine Dauerfolge von Essen, Trinken, Schlafen und Rauchen, bald ganz in der Horizontalen verbringen.
Kazeh selbst besteht aus einem Karree von sechs ausgedehnten Gruben; dazwischen stehen die Hütten der Sklaven, umgeben von gepflegten Gärten, in denen Zwiebeln, Kartof-

feln, Auberginen, Kürbisse und Pilze wachsen. Außerhalb der Warenlager und Eingeborenenhütten erstrecken sich Hanf- und Stechapfelfelder, hie und da vom Laub der Bäume beschattet.
Auf dem Markt wimmelte es von Menschen. Das Geschrei der Träger mischte sich mit dem Gebrüll der Maultiere, Kinder lachten und kreischten. Frauen sangen, Hörner wurden geblasen, der Karawanenführer schlug mit seinem spanischen Rohr den Takt dazu. Am Boden lagen die Waren ausgebreitet: bunte Stoffe, Glasperlen, Elfenbein, Haifisch- und Nashornzähne, Baumwolle, Honig und Tabak.
Als die *Victoria* im Blickfeld über dem Markt auftauchte, ebbte der Lärm ab, die Geschäfte wurden unterbochen, die Menschen gerieten in hastige Bewegung, und mit einem Schlag lag der Platz wie leergefegt da, Neger, Kaufleute, Frauen und Kinder waren blitzartig in den umstehenden Hütten verschwunden.
»Die Angst wird bei den Eingeborenen nicht lange vorhalten«, sagte Dr. Fergusson. »Bald lockt sie die Neugier wieder heraus, und dann müssen wir aufpassen, daß unser ungepanzerter Ballon nicht von Pfeilen und Kugeln durchlöchert wird.«
»Willst du in diesem afrikanischen Theater vielleicht mitspielen?« fragte Kennedy.
»Warum nicht?« antwortete der Doktor. »Burton und Speke haben von der Gastfreundschaft und dem Bildungsstand der hiesigen Kaufleute nur Gutes berichtet.« Als die *Victoria* weiter gesunken war und der Anker an einem Baum nahe am Marktplatz hängenblieb, erschienen die ersten Köpfe in den umliegenden Fenstern und Türen, und nach und nach kroch die ganze Bevölkerung wieder hervor. Am nahesten wagten sich die *Wangangas*, die Gemeindezauberer, heran. Sie waren mit spitzen Muscheln geschmückt und trugen fettglänzende, schwarze Kürbisflaschen am Gürtel, und nach dem Zustand ihrer medizinischen Instrumente zu schließen, mußte Dreck ihr erfolgreichstes Heilmittel sein. Langsam kam auch die Menge der Laien näher, Frauen und Kinder scharten sich um ihre Vertrauensärzte und klatschten unter Trommelbegleitung mit den Händen und streckten sie in die Höhe.

»Da unten wird gebetet«, sagte der Doktor, »und wenn mich nicht alles täuscht, kommen wir hier noch ganz groß heraus.«
Mit der *Myanga*-Geste gebot einer der Hexer Schweigen und rief unverständliche Worte zum Ballon hinauf. Dr. Fergusson versuchte die Verständigung mit Arabisch, worauf der Chefzauberer die Reisenden mit blumigen Worten als Söhne des Mondes begrüßte und den Mond selbst zu einem Aufenthalt in Kazeh beschwor.
Dr. Fergusson antwortete in bestem Koran-Arabisch, er versicherte den Eingeborenen, der Mond sei auf seiner Inspektionsreise besonders gerne nach Kazeh gekommen, das er alle tausend Jahre besuche, und man möge sich nicht scheuen, bei dieser Gelegenheit Wünsche und Beschwerden vorzutragen.
Von unten kam die Antwort, Sultan Mwani habe schon seit Jahren den Mond um Heilung von seiner schweren Krankheit angefleht.
Dr. Fergusson nahm seine Hausapotheke unter den Arm und kletterte die Ballonleiter hinunter, während die Eingeborenen schrien, sangen und tanzten. Joe stieg ebenfalls hinab, blieb aber am Fuß der Leiter sitzen. Kennedy überwachte das Knallgasgebläse.
Die Zauberer nahmen Dr. Fergusson in die Mitte, und eine riesige Menge zog mit in Richtung Sultanspalast, darunter auch der einzige uneheliche Sohn des Sultans, der nach der Landessitte den ehelichen Kindern vorgezogen und zum Alleinerben bestimmt wird.
Auf schattigen Wegen gelangte die Mondprozession zum Sitz des Sultans, einem quadratischen, fast fensterlosen Gebäude, zwischen dessen Dach und Mauern zur Durchlüftung Zwischenräume freigelassen worden waren.
Dr. Fergusson und seine Anhängerschaft wurden von der schwerbewaffneten Leibwache empfangen und in die inneren Gemächer geführt. Ein ohrenbetäubender Lärm brandete ihm entgegen – ein Teil der Haremsdamen intonierte ein Schlagzeugkonzert. Der Doktor fand die pfeifenrauchenden, bunt angezogenen Frauen recht hübsch. Er wußte, daß sechs von ihnen täglich, stündlich auf ihre Beerdigung warteten, denn sie sollten zusammen mit dem Sultan lebendig begraben werden, damit auch in der ewigen Einsamkeit seine Gelüste nicht ungestillt blieben.

Der etwa vierzigjährige Herrscher schien jedoch Orgien jeder Art längst nicht mehr gewachsen. Völlig ausgezehrt und apathisch lag er in seinem Bett, tief ins Delirium tremens versunken; da halfen keine Pillen mehr. Dr. Fergusson flößte ihm dennoch ein paar konzentrierte Hoffmannstropfen ein. Für ein paar Augenblicke kam der Alkoholprinz tatsächlich zu sich, bewegte einen Arm, für die Umstehenden schien die Wunderheilung gelungen. Fergusson machte sich aber so schnell wie möglich aus dem Staub und marschierte Richtung Marktplatz, denn der Abend brach schnell herein.
Plötzlich bemerkte er, wie sich von hinten die Stimmen der Eingeborenen näherten, bald sah er sich von schreienden und gestikulierenden Häuptlingen und Zauberern umringt, und die Masse der Eingeborenen kam hinterher. Der Doktor stellte sich taub und ging unbeirrt weiter. Am Landeplatz der *Victoria* blieben die Eingeborenen aus Angst hinter ihm zurück, so daß er unbehelligt auf der Leiter nach oben klettern konnte, gefolgt von Joe.
»Nichts wie weg«, rief Fergusson, »die Halteleine müssen wir in Gottes Namen kappen.«
»Was ist denn los?« fragte Kennedy.
»Siehst du den Mond dort stehen?« antwortete Fergusson.
Alle sahen, wie ein roter Mond langsam über dem Horizont aufzog. Die Eingeborenen schienen allmählich zu begreifen, welcher von beiden der echte Mond war, und schickten ein Wutgeheul zur Ballonbesatzung hoch. Blitzschnell schwang sich einer der Hexer in den Baum, griff die Ankerleine und mühte sich ab, den Ballon zur Erde zu ziehen. In der Zwischenzeit hatten die Ballonfahrer das Gas kräftig angeheizt; als der Eingeborene den Anker packte und aus den Zweigen herauszog, schnellte der Ballon befreit nach oben und riß den Zauberer über die Köpfe der staunenden Stammesbrüder hinweg mit in die Luft.
»Mal sehen, ob der Hexenmeister fliegen kann«, sagte Joe und nahm ein Beil in die Hand, um die Leine durchzuhauen.
»Joe, du bist ein Sadist«, antwortete Fergusson und nahm ihm das Beil aus der Hand. »Wenn unser blinder Passagier wieder heil zurückkommt, wird er sicher als Dämon verehrt, und diesen Ersatzgott sollten wir den armen Leuten gönnen, nachdem wir sie so herb enttäuscht haben.«

Einer der Medizinmänner hatte sich ans Ankertau geklammert und wurde mit hochgerissen, als Fergusson den Ballast über Bord gehen ließ.

Die *Victoria* war jetzt auf 300 m geklettert, der Zauberer saß mit angstverzerrtem Gesicht auf dem Anker. Über freiem Feld ließ der Doktor den Ballon wieder sinken, und der Anker hatte noch nicht den Boden gestreift, als sich der Zauberer katzengeschmeidig fallen ließ und wie von Furien gehetzt in Richtung Stadt davonlief. Die *Victoria* flog jetzt, von einem kräftigen Wind getrieben, mit annähernd 60 km/h in 100 m Höhe dahin. In kurzen Böen kündigte sich Sturm an, am nördlichen Himmel braute sich ein Gewitter zusammen. Die fruchtbaren, welligen Ebenen des Mondlandes zogen unter den Reisenden dahin. Joe fragte, weshalb ausgerechnet die am wenigsten zivilisierten Länder die fruchtbarste Erde und die schönsten Landschaften besäßen.

»Woher weißt du denn«, antwortete Dr. Fergusson, »daß sich in diesem Land nicht die neue Zivilisation entfalten wird? Die Afrikaner sind vielleicht die Kulturvölker der Zukunft, wenn Europa schon längst erschöpft und ausgemergelt ist. Wenn ihr euch einmal über die Ursachen der Völkerwanderungen Gedanken macht, werdet ihr mich begreifen. Asien ist die Hebamme der Menschheit, aus Asien kam auch die Urbevölkerung Europas, nachdem ihr Stammland sie nicht mehr ernähren konnte. Aber auch die Energien Europas werden eines Tages verbraucht sein, Mißernten künden bereits jetzt die baldige Erschöpfung des Bodens an. Nicht von ungefähr wandern die Europäer nach Amerika aus, diesem jungen, noch unverbrauchten Kontinent. Aber auch dort werden die Wälder den Industrieanlagen weichen müssen, und der Bodenraubbau wird sich übel rächen, wenn die Felder statt zwei Ernten nicht mehr eine tragen. Dann wird Afrika an der Reihe sein. Seine Bodenschätze werden ans Tageslicht kommen, das ungesunde Klima wird man verändern, und die Krankheitserreger verschwinden, wenn man den Boden kultiviert und Sümpfe durch Drainage trockenlegt. Die Ströme wird man regulieren, und ein Netz von Schiffahrtskanälen durchzieht dann das Land. Dieser Kontinent birgt noch ungeahnte Kraftreserven, so daß man eines Tages noch ganz andere Energiequellen als Dampf und elektrischen Strom benutzen wird.«

»Das würde ich gerne miterleben«, sagte Joe.

»Tröste dich«, sagte Kennedy, »diese Zeit wird fürchterlich.

Man wird immer mehr Maschinen erfinden, die alle menschlichen Tätigkeiten besser, gründlicher und genauer ausführen, bis man ihnen schließlich auch das Töten beibringt, und dann wird sich die Menschheit gegenseitig ausrotten. Ich kann mir den Jüngsten Tag nicht mehr anders vorstellen, als daß ein gigantischer Kessel mit einem Druck von drei Milliarden Atmosphären die Erde in die Luft sprengt.«

»Ich habe gehört, daß die Amerikaner an solchen Konstruktionen arbeiten. Sie werden wohl nicht die einzigen bleiben«, antwortete Joe.

»Alles, was wir tun können«, sagte der Doktor, »ist, dieses Land zu genießen, solange es sich noch genießen läßt.«

Die schweren Wolken, die sich jetzt über den Himmel zogen, brachen noch einmal auf und ließen die Sonne durch. Die Konturen der Landschaft traten hervor. Das hügelige Gelände war immer noch von dichtem Grün überzogen, Gebüschreihen und undurchdringlicher Dschungel umgaben die besiedelten Lichtungen. Im mannshohen Gras weideten Gnus, Raubtierrudel flüchteten vor der Schwüle in die Wälder, und der Duft dieser Wälder stieg bis zum Ballon auf.

Bald kam der Malasagari in Sicht, der Hauptzufluß des Tanganjika-Sees, dann glänzte es von Wasserflächen, die sich hell von der düsteren Umgebung abhoben. In den größeren Teichen schwammen Nilpferde und Krokodile, die träge ihre Mäuler offenhielten.

Der Ballon stand jetzt fast still, die Luft bewegte sich kaum noch und wurde immer schwüler und stickiger.

»Wahrscheinlich entlädt sich die aufgestaute Elektrizität bald in der Atmosphäre«, sagte der Doktor. »Selbst die Tiere da unten spüren, daß sich etwas zusammenbraut.«

»Landen?« fragte Kennedy.

»Im Gegenteil«, antwortete Fergusson. »Wir sollten steigen, ich habe nur Angst, daß uns die Strömungen dort oben vom Kurs abbringen. Wenn möglich, möchte ich nämlich von hier aus direkt nach Norden in Richtung Nilquellen fliegen, denn auf diesem Wege begegnen wir wahrscheinlich am ehesten der Expedition von Speke oder der Karawane von Heuglins.«

Die drückende Luft legte sich schwer auf die Lungen, die drei sprachen immer weniger, es schien zudem, als schlucke die

Atmosphäre jeden Laut. Gegen 21 Uhr stand der Ballon dann endgültig still. Unter ihm lag Msene, eine größere Siedlung. Der letzte Abendsonnenschein ließ gerade noch die Bewässerungsgräben erkennen und dazwischen die dunklen Umrisse von Palmen, Tamarinden, Sykomoren und Euphorbien.
»Ich habe so ein Gefühl, als ersticke ich«, sagte Kennedy und atmete schwer. »Diese Luft ist nicht mehr auszuhalten. Warum landen wir nicht, wenn wir sowieso nicht mehr weiterkommen?«
»Landen oder Steigen, beides ist gefährlich«, antwortete Fergusson. »Wenn wir gut über die Wolken kommen, ohne vom Blitz getroffen zu werden, dann haben wir für den Rest der Nacht keine Orientierung mehr und können wer weiß wohin abgetrieben werden. Ankern wir an einem Baum, dann kann uns der Sturm zu Boden schmettern. Es bleibt uns nichts anderes übrig, als den Ballon irgendwie in der Mitte zwischen Himmel und Erde zu manövrieren. Legt euch mal beide jetzt schlafen. Wenn alles ruhig bleibt, wachen wir morgen an der gleichen Stelle wieder auf.«
Kennedy und Joe verkrochen sich unter ihre Decken. Mit der kälteren Nachtluft sank auch die Wolkendecke und hüllte die Erdoberfläche in undurchdringliches Dunkel.
Sie hatten noch nicht lange geschlafen, als plötzlich ein Blitzstrahl aus dem Wolkenmassiv schoß, gefolgt von einem gewaltigen Donnerschlag, der den Ballon zittern ließ. Die beiden Schläfer schreckten hoch, und Kennedy fragte: »Sinken wir jetzt?«
»Wir müssen schleunigst über das Unwetter steigen«, antwortete Fergusson, »bevor der Wolkenbruch herunterkommt und der Sturm richtig losbricht.«
Wieder ein Blitzstrahl und Donner, eine Unzahl weiterer Entladungen folgte Schlag auf Schlag. Der ganze Himmel schien Funken zu sprühen. In dieser Gegend Afrikas wurden schon 30 Blitze pro Minute gezählt, und einzelne Donnerschläge sind bei derartigen Gewittern schon gar nicht mehr zu unterscheiden. Gleichzeitig brach der Sturm los und wirbelte die Wolken durcheinander, als sei ein riesenhafter Ventilator angeschaltet worden. Der Doktor drehte das Knallgasgebläse voll auf, und der Ballon tanzte wild und drehte

»Wir müssen hindurch!« rief der Doktor und drehte das Knallgasgebläse auf. Binnen kurzem war der Ballon von zuckenden, blendenden Blitzen umgeben ...

sich um seine eigene Achse, aber er stieg unaufhaltsam. Die Reisenden hatten Mühe, bei dieser rasenden Karussellfahrt in der Gondel zu bleiben. Von allen Seiten fuhren jetzt die Windstöße in ihr Fahrzeug und drückten die Hülle ein, daß der Seidenstoff ächzte und knarrte. Schließlich dröhnte das Trommeln eines Hagelschauers auf die *Victoria* herab, kleine Blitze streiften die äußere Hülle wie flammende Tangenten, und am Ballonnetz bildeten sich Büschelentladungen und beleuchteten die Gondel.

Die Reisenden waren jetzt auf jede Katastrophe gefaßt. Durch die fortwährenden Drehungen wurde ihnen schwindlig und schwarz vor Augen, und sie bemerkten gar nicht, wie sie die Wolkendecke durchstießen. Plötzlich lag die Zone der Entladungen unter ihnen, die Blitze spielten nur noch wie ein harmloses Feuerwerk, der Donner drang gedämpft an ihr Ohr. Über ihnen leuchtete der Sternenhimmel, und der Mond bestrahlte die brodelnden Wolken. Das Barometer zeigte 4000 m. Sie konnten aufatmen.

II

Der nächste Tag brachte ein Abenteuer, das in einem Braten endete. Noch in der Nacht hatte der Wind die letzten Wolken verjagt. Die *Victoria* war während des Gewitters kaum von der Stelle gewichen, und Fergusson prüfte am Morgen verschiedene Höhen, um eine günstige Strömung zu finden. Inzwischen war der Ballon schon so weit nach Westen abgekommen, daß man die Mondberge sehen konnte, die den Tanganjika-See nach Norden hin abschließen. Bläulich schimmerte die langgestreckte Bergkette, auf einigen Gipfeln lag ewiger Schnee.

»Diese Gegend hat noch kein Europäer gesehen«, sagte der Doktor. »Burton ist zwar sehr weit nach Westen vorgestoßen, die Mondberge hat er aber nicht erreicht. Speke wollte das Gebirge gesehen haben, aber Burton hielt es für eine Fata Morgana. Nach unserer Reise haben alle Halbwahrheiten darüber ein Ende.«

Fast 1000 Kilometer mußten sie noch weiter nach Norden vordringen, wenn sie das Rätsel der Nilquellen aufdecken und den Punkt erreichen wollten, an dem alle von Norden kommenden Expeditionen bislang umgekehrt waren. Gegen Mittag überflog die *Victoria* das Dorf Uyofu und hielt sich parallel zum Viktoria-See, der aber noch hinter Bergen versteckt lag. Die Reisenden wollten jetzt endlich wieder festen Boden unter die Füße bekommen und hielten Ausschau nach einem geeigneten Landeplatz. Es war Zeit, die Aggregate zu inspizieren. Fergusson hatte den Ballon bis auf wenige Meter über dem Boden heruntergelassen, und der abgeworfene Anker schleifte an der Erde entlang. So weit man sehen konnte reichte ein Meer aus Gräsern und Blüten, in das der Anker Furchen zog, die sich hinter ihm wieder schlossen. Sanft wogte das Gras im Wind, Scharen buntgefiederter Vögel flogen auf, wenn der Schatten des Ballons erschien.
Da, mit einemmal ein plötzlicher Ruck in der Gondel. Der Anker mußte irgendwo gefaßt haben. Gerade als Joe die Leiter abwerfen wollte, erschütterte ein dumpfer Schrei die Luft, und der Ballon setzte sich langsam wieder in Bewegung, obwohl die Ankerleine straff gespannt war.
»Unser Ankerfelsen läuft weg!« rief Kennedy.
Und aus dem Gras erhob sich ein riesenhaftes graues und zerfurchtes Ungetüm.
»Ein Elefant!« schrie Kennedy begeistert und legte an.
»Nicht schießen«, sagte Dr. Fergusson, »vielleicht nimmt uns das Tier ins Schlepptau.«
Der Elefant versuchte vergeblich, den Anker, der sich zwischen seinen zweieinhalb Meter langen Stoßzähnen verfangen hatte, abzuschütteln, schleuderte seinen Rüssel in die Luft und stampfte gereizt davon. *»Wig a more, wig a more«*, rief Joe, und das Tier galoppierte mit so wilden Sprüngen, daß die Gondel auf- und niederwippte. Dr. Fergusson stand bereit, jeden Augenblick die Leine zu kappen. Wie ein Walfangboot von einem Wal ließ sich die *Victoria* von dem Elefanten stundenlang über die Prärie schleppen.
Erst als ein Wald in Sicht kam, wurde die Lage kritisch. Kennedy eröffnete das Feuer, gab einen Schuß nach dem anderen ab, aber das Tier wurde nicht ernsthaft verwundet, sondern nur noch gereizter und verdoppelte seine Geschwin-

»Nein, nicht schießen! Der soll uns in Schlepp nehmen! Elefanten können nämlich einen ganz beachtlichen Galopp vorlegen.«

digkeit. Ein Schuß durch das Auge ließ es endlich straucheln, aber erst ein gezielter Herzschuß legte den Elefanten völlig um. Im Todeskampf bäumte er sich noch einmal hoch und zerbrach im Niederstürzen einen Stoßzahn.
Jetzt kletterte Joe hinunter und prüfte den Anker. Dann hob er eine Bratgrube aus, schichtete dürre Zweige und darüber einen Holzstoß auf. Aus der Elefantenhaxe und dem Rüssel schnitt er die zartesten und saftigsten Stücke heraus, wickelte sie in Blätter und packte sie in die unterdessen ausgebrannte Grube. Er bedeckte das Fleisch mit heißer Asche und setzte darüber nochmals ein Feuer in Brand. Das Fleisch hätte im Londoner Ritz nicht besser schmecken können.
Die Gegend schien so verlassen und friedlich, daß man sich nach dem saftigen Abendessen auf der Erde schlafen legte. Zwar wurden Hyänen und Schakale vom Blutgeruch angelockt und umstrichen das Lager, aber Joe verscheuchte sie mit Feuern, die er rings um den Schlafplatz entzündete, und Kennedy schoß von Zeit zu Zeit, wenn eines der Tiere zu nahe kam.
Am nächsten Morgen vor dem Start orteten sie ihren Standpunkt. Sie befanden sich genau 2° 40′, etwa 280 km, südlich des Äquators. Mit einer Geschwindigkeit von 30 km/h trieben sie jetzt nach Norden, ließen zahlreiche kleine Dörfer unter sich und stiegen an den Hängen des Rubemhe hoch. Dahinter begannen bereits die Ausläufer des Karagwe-Gebirges, das die Eingeborenen als Wiege des Nils bezeichnen. Das Massiv, das nach Fergussons Ansicht mit den Mondbergen zusammenhing, schließt den Viktoria-See nach Westen ab, und dieser See, den Speke am 3. August 1858 entdeckt hatte, war eines der wichtigsten Ziele ihrer Expedition. Sie sahen ihn am Horizont liegen, als sie über Kafuro, dem Handelszentrum, schwebten.
Bis zu den Seeufern hinunter fiel das Land in Reis- und Gerstenfeldern ab, auf denen Eingeborene arbeiteten. Die Reisenden sahen auch entsetzlich beleibte Frauen, die sich nur unter größter Anstrengung durch die Ackerfurchen schleppen konnten. Fergusson erklärte dem erschrockenen Kennedy, daß diese Fettleibigkeit zum Schönheitsideal des Landes gehöre und durch Mastkuren mit genau dosierten Dickmilchportionen erreicht werde.

»Pfff Frauen!« sagte der Schotte verächtlich.

»Tja Frauen . . .« sagte Joe verträumt.

Am Nachmittag trieb der Ballon bereits über den See, der hier ungefähr 150 km breit war. Die *Victoria* war schon so weit nach Norden abgekommen, daß der Doktor den Plan aufgeben mußte, die südlichen Gestade zu kartographieren. Die Seeufer waren anscheinend unbewohnt, Moskitoschwärme verdeckten das Ufergebüsch, Nilpferde dösten im Morast.

30 km vom jenseitigen Ufer entfernt ließen die Reisenden über einer kleinen Insel den Anker hinab. An Absteigen war nicht zu denken, denn Myriaden Moskitos schwärmten in dichten Wolken über dem Boden. Die Ankerleine ließ man so lang wie möglich, um die Gondel in sicherer Entfernung zu halten. Der Wind hatte sich gegen Abend gelegt. Fergusson las an seinem Barometer eine Höhe von 1134 m ab: fast auf die gleiche Höhe hatte Speke die Lage des Viktoria-Sees geschätzt.

Obwohl auf der unbewohnten Insel keine Gefahr zu befürchten war, wollte der Doktor die Nacht über wachen. In Wahrheit war er zum Schlafen viel zu aufgeregt, denn ab hier sollten die eigentlichen Forschertaten beginnen. Er ließ die *Victoria* schon um 4 Uhr morgens wieder aufsteigen, als über dem See noch Nebelbänke lagen. Bald riß sie ein frischer Wind auseinander und schob den Ballon vor sich her nach Norden, und dann kam der Augenblick, in dem Fergusson seine Gefährten mit dem Ruf weckte: »Der Äquator liegt unter uns! Wir sind wieder zu Hause in der nördlichen Hemisphäre!« Das Westufer des Sees war nur als flacher Streifen zu erkennen, dahinter tauchten die Umrisse der Hochebenen von Uganda und Usoga auf. Der Wind hatte zugenommen, jagte die *Victoria* mit 50 km/h dicht an der Oberfläche über den See und wühlte das Wasser auf. Auch wenn die Brise abflaute, beruhigten sich die Wellen nicht: ein Zeichen dafür, daß der See sehr tief war.

Bald konnten die Reisenden auch das nördliche Ende des Viktoria-Sees erkennen. Zur Linken war das Ufer bewaldet, geradeaus vor ihnen ragten schroffe Berge auf, zwischen denen in einer tief eingeschnittenen Schlucht ein schäumender Strom glänzte.

»Also haben die Araber recht gehabt!« sagte der Doktor. »Dieser reißende Ausfluß des Sees dort – das ist die Quelle des Nils!«

Der Ballon trieb genau in die Richtung des Flusses, dessen Wassermassen sich an Felsen brachen und als Stromschnellen und Wasserfälle donnernd zu Tal stürzten. Von den umliegenden Bergen kamen weitere Zuflüsse, und aus den Seitenschluchten ergossen sich schäumende Bäche in den anschwellenden Strom.

»Wir müssen hinunter«, rief Fergusson, »wir können an unserer Entdeckung nicht so einfach vorbeifliegen.«

»Aber die Eingeborenen scheinen hier nicht besonders götterfreundlich zu sein«, sagte Kennedy. »Schau dir die Pfeilhagel an, die von da unten heraufkommen.«

»Wir landen auf jeden Fall«, antwortete der Doktor, »auch wenn wir die Waffen gebrauchen müssen. Es wäre nicht das erste Mal, daß die Wissenschaft ein Gewehr in die Hand nimmt.«

»Klar zum Landen?« fragte Joe.

»Noch nicht«, antwortete der Doktor. »Zuerst steigen wir noch mal, damit ich unseren Landeplatz von oben erkunden kann.«

Sie gingen bis auf 800 m über Grund und konnten von dort ein Netz von Wasseradern überblicken, die alle in den Hauptstrang mündeten.

»Wir sind schätzungsweise 150 km südlich Gondokoro«, sagte Fergusson, als er die Landschaft mit seinen Karten verglichen hatte. »Etwa 8 km von hier muß die Stelle sein, bis zu der alle Reisenden aus dem Norden vorgedrungen sind.«

Die *Victoria* sank jetzt langsam tiefer, Kennedy und Joe lehnten mit schußbereiten Büchsen über dem Gondelrand. Der Ballon folgte dem Flußlauf in etwa 30 m Höhe und brachte die Uferbewohner in Aufruhr. Der Nilzufluß war hier fast 100 m breit, und nach einem 3,5 m hohen Katarakt weitete er sich zu einem breiten, inselübersäten Becken.

»Das ist der Wasserfall, den Debono angegeben hat«, rief der Doktor und suchte mit seinem Fernglas die Wasserfläche ab. »Und dort sehe ich auch die Insel Benga mit den vier Bäumen! Da müssen wir auf alle Fälle aussteigen!«

»Aber die Eingeborenen . . .«

»Ach was, Feuer frei!«

Die *Victoria* senkte sich über der Insel; als Kennedy einem der Neger den Korkhut zerschossen hatte, stürzten sich die Eingeborenen kreischend in den Fluß. Der Anker wurde abgeworfen und verfing sich in einer Felsspalte. Der Ballon schwebte hoch genug über den Felsen, so daß ihn die Pfeile der wütenden Uferbewohner nicht beschädigen konnten. Kennedy, Joe und der Doktor kletterten an der Leiter hinunter.

»Dick, du kommst mit mir, Joe bewacht den Ballon«, sagte Fergusson.

»Was soll ich bei dir?« fragte Kennedy.

»Ich brauche einen Zeugen.«

Eine Zeitlang suchte der Doktor die Büsche am Rand der Insel ab und riß sich die Hände blutig. Aber dann stand er plötzlich vor einem Felsen, den er offensichtlich gesucht hatte, denn er packte Kennedy aufgeregt am Arm:

»Sieh mal hier!«

»Tatsächlich ... Buchstaben!« sagte Kennedy.

Die Lettern *A. D.* waren deutlich lesbar in den Felsen eingeritzt.

»Andrea Debono!« sagte Fergusson fast andächtig. »Er hat den Lauf des Nils am weitesten nach Süden verfolgt.« Der Doktor zeichnete die Buchstaben 1 : 1 ab, entrollte eine britische Flagge und befestigte sie am Felsen. Dann kehrte er mit Kennedy zur Leiter zurück, sie stiegen wieder ein und machten die Leinen los. Fergusson war bester Laune:

»Wenn der Wind noch ein Weilchen nach Norden bläst, sind wir in ein paar Stunden in Gondokoro und können unseren Landsleuten die Hand schütteln!«

Aber als die *Victoria* aufgestiegen war und der Doktor die Fahrtrichtung prüfte, merkte er, daß sie nicht mehr nach Norden flogen, also auch nicht nach Gondokoro kommen würden.

»Wenigstens haben wir unseren wissenschaftlichen Auftrag erfüllt, haben mit eigenen Augen gesehen, daß der Bahr-el-Abiad, der Weiße Fluß, aus dem Viktoria-See entspringt und nicht aus irgendwelchen mysteriösen Quellen oder gar aus der Sonne selbst, wie man in der Antike glaubte.«

»Schade, daß diese schönen Geschichten sang- und klanglos

untergehen, weil sich die Wissenschaft so brutal breitmacht«, antwortete Kennedy.

»Tröste dich«, sagte der Doktor, »und glaube mir: die Poeten, die solche und ähnliche Märchen erfinden, wird auch die Wissenschaft nicht zum Schweigen bringen können.«

Der Ballon hatte jetzt den Wasserfall von Makado erreicht, in der Ferne erschien der Gipfel des Logweks, den die Araber »Zitterberg« nannten.

»Bis hierher ist Andrea Debono vorgestoßen, alles Land hinter dem Zitterberg ist noch unerforscht«, sagte der Doktor. »Wir haben bis jetzt nicht viel mehr gesehen als andere Forscher auch. Hier aber beginnt *unsere* Expedition.«

Als die *Victoria* beim Einbruch der Dunkelheit an den Abhängen des Zitterberges hochstieg, hatte sie an diesem Tag insgesamt 500 km zurückgelegt. Die Reisenden waren schweigsam geworden, auch Fergusson grübelte nicht nur über geographischen Details. Sie erlebten einfach einen Anfall von kollektivem Heimweh.

Am nächsten Morgen war die schlechte Laune verflogen, der Doktor hielt geographische Vorlesungen.

»Vor uns liegt das sogenannte Land Usoga«, sagte er. »Die Araber an der Küste erzählten, das Innere Afrikas sei ein riesiger Binnensee, und unsere Geographen und Landkartenzeichner haben das auch prompt geglaubt. Man befragte zwar Negersklaven aus dem Landesinnern, aber da man sich nicht richtig verständigen konnte, entstand aus allen Wahrheiten und Halbwahrheiten schließlich das System, auf dem unsere Landkarten beruhen. Natürlich sind sie unbrauchbar, deshalb will ich versuchen, sie zu korrigieren.«

»Wohnt irgendwer in diesem Land?« fragte Joe.

»Die Njam-Njam-Stämme«, antwortete der Doktor. »Weil die Eingeborenen so viel schmatzen, nannte man sie einfach Njam-Njam.«

»Was macht ihnen denn soviel Appetit?« fragte Joe.

»Unsereins«, antwortete Fergusson. »Es sind Menschenfresser. Zunächst hatte man diese Stämme sogar für Halbaffen gehalten, bis man entdeckte, daß der hinten angehängte Schwanz ein Schmuck aus Tierfellen war.«

»Ein Schwanz wäre in diesen Gegenden schon ganz praktisch«, meinte Joe, »man könnte die Moskitos damit totschlagen.«

Der sumpfige Boden dampfte unter der Mittagssonne, und bald war die Erdsicht von einem Nebelschleier versperrt. Der Doktor ließ den Ballon absteigen. Bereits am Morgen war ein kräftiger Monsun gekommen, der von unten in die erschlaffte Ballonhülle fuhr, daß die Gasröhren knarrten. Joe mußte sie mit Seilen festzurren. Fergusson prüfte die Ventile und war froh, daß sie noch unbeschädigt waren.

»Ausströmendes Wasserstoffgas könnte sich rasch entzünden«, sagte er.

»Würden wir dann abstürzen?« fragte Joe.

»Ich glaube kaum. Das Gas würde nur langsam abbrennen. Die Ballonfahrerin Madame Blanchard geriet mit ihrem Flugapparat einmal in Flammen, als sie ein Feuerwerk in der Gondel abbrannte. Der Ballon schwebte sanft zur Erde, und sie wäre sicherlich mit heiler Haut davongekommen, wenn die Gondel nicht auf einem Dach aufgeschlagen wäre und die Luftschifferin abgeworfen hätte.«

»Hör mal zu, Sam, Bangemachen gilt nicht«, sagte Kennedy.

»Du brauchst keine Angst zu haben, Ballonfahren ist völlig ungefährlich. Auf ein paar tausend Starts kommen höchstens 20 tödliche Unfälle, und fast immer waren Leichtsinn oder technische Fehler dafür verantwortlich.«

12

Der Wind blies aus allen Richtungen und ließ den Ballon tanzen. Dennoch kam die *Victoria* mit einer Geschwindigkeit von 30 km/h vorwärts. Unter den Forschern dehnte sich ein breites Waldstück, auf einer Lichtung waren Hütten verstreut.

»Warum starren diese Neger uns denn so entgeistert nach?« fragte Joe.

»Wundert dich das?« fragte der Doktor. »Als in Frankreich die ersten Ballons erschienen, haben die Bauern sogar darauf geschossen, weil sie glaubten, es sei der Vogel Rock. Ein-

faches Staunen ist doch viel vernünftiger.« Das Dorf verschwand wieder. Kennedy entdeckte plötzlich am Boden einen Baum mit zweierlei Laub.
»Das ist nichts als ein Feigenbaum mit einer Palme obendrauf«, erklärte Fergusson. »Eines Tages hat sich etwas Humus auf dem Feigenbaumstamm angesammelt, und ein paar Palmsamen sind darauf hängengeblieben.«
»Ein Rucksackbaum«, meinte Joe. »Diese Methode werde ich in London patentieren lassen. Bei den steigenden Grundstückspreisen wird man sowieso die Gärten bald in die Höhe ziehen müssen, und dann werden mich die Londoner Kleingartenvereine aus lauter Dankbarkeit zum Ehrenmitglied ernennen.«
Fergusson mußte den Ballon jetzt schneller steigen lassen, um über einen Wald von ungewöhnlich hohen Feigenbäumen hinwegzukommen. Dahinter lag ein freier Platz mit kreisförmig um einen frei stehenden Baum angeordneten Hütten. Beim Näherkommen sahen die drei Freunde, daß der untere Stamm der Sykomore fast ganz von einem Knochenhaufen zugeschüttet war. An den Ästen hingen Menschenköpfe, an langen Messern aufgespießt.
»Der Kriegsbaum der Kannibalen«, sagte der Doktor andächtig.
»Die Indianer hängen sich nur die Kopfhaut an den Gürtel, die Afrikaner aber den ganzen Kopf!«
»Modelaunen!« meinte Joe.
Um das nächste Dorf lagen verstreut halbverweste Leichen, Skelette, einzelne Körperteile. Fergusson konnte auch das erklären:
»Die Verbrecher werden hier zum Tode verurteilt, indem man sie fesselt und den Schakalen überläßt.«
»Der Galgen ist zwar nicht humaner«, antwortete Kennedy, »aber ein bißchen hygienischer.«
Ihre Aufmerksamkeit wurde jetzt von einem Adlerschwarm gefangengenommen, den Kennedy und Joe in der Ferne entdeckt hatten. Der Doktor war beunruhigt, denn der Ballontaft würde Schnabelhieben nicht gut widerstehen können. Doch so schnell die Raubvögel aufgetaucht waren, verschwanden sie auch wieder.
»Wir könnten ein paar Vögel dieser Größenordnung vor

Der kahle Stamm war mit abgeschlagenen Menschenköpfen behangen. »Der Kriegsbaum der Kannibalen!« flüsterte Dr. Fergusson.

den Ballon spannen«, sagte Joe, »das wäre auch eine Lösung der Frage ›Wie lenkt man einen Ballon?‹.«
»Irgendjemand hat das auch schon vorgeschlagen«, antwortete Fergusson. »Aber wie willst du es fertigbringen, diese widerspenstigen Raubvögel zu zähmen?«
»Ich würde ihnen keine Trense in den Schnabel stecken«, antwortete Joe, »sondern Scheuklappen vor die Augen hängen. Wenn ich das linke Auge zudecke, geht's nach rechts und umgekehrt, und beide Augen zu heißt Anhalten!«
Da ertönte unter ihnen plötzlich ein fürchterliches Geheul und Geschrei. Zwei feindliche Stämme waren im Nahkampf aufeinandergestoßen, Wolken von Pfeilen wechselten über dem Kampfplatz. Etwa 300 Mann prallten aufeinander und waren so in ihr blutiges Handwerk vertieft, daß sie den Ballon zunächst gar nicht bemerkten. Als aber wenig später die ersten Pfeile heraufflogen, hatte Fergusson die *Victoria* bereits aus der Gefahrenzone gebracht.
Die Eingeborenen sahen bald, daß sie nichts ausrichteten, wandten sich wieder einander zu und gingen mit Äxten und Spießen aufeinander los. Kaum lag einer der Gegner am Boden, wurde ihm auch schon der Kopf abgeschnitten, mitten in dem Gemetzel sprangen Frauen umher, sammelten die bluttriefenden Köpfe ein und schichteten sie am Ende des Schlachtfeldes auf, wo sie sich mit ihren Stammesschwestern um die Trophäen prügelten.
»Sieht das nicht aus, als seien da blutsäuferische Bestien am Werk?« fragte Joe. »Aber stellt euch mal vor, sie wären nicht nackt, sondern hätten gutgeschnittene Uniformen an, dann würde sich kein Mensch über dieses Schlachtfest entrüsten.«
»Ihr Krieg da unten hat etwas Lächerliches«, sagte Fergusson. »Die Herren Generale müßten ihre strategischen Heldentaten einmal wie wir von oben verfolgen, vielleicht würde die Politik dann nicht mehr so oft mit anderen Mitteln fortgesetzt.«
Die Wilden wüteten unterdessen mit ihren konventionellen Waffen weiter. Besonders ein hochaufgeschossener Häuptling schlug mit seiner Axt wie ein Berserker um sich. Als er einem Verwundeten bei lebendigem Leib einen Arm abtrennte und das Fleisch mit den Zähnen zerriß, konnte sich

Kennedy nicht mehr beherrschen und legte an. Von einem Kopfschuß getroffen, stürzte der riesige Neger der Länge nach hin. Die Krieger hielten einen Augenblick erstaunt inne, dann ging aber die Gegenpartei zum Angriff über und schlug den führerlosen Stamm in die Flucht. Bevor die Reisenden den Kampfplatz aus den Augen verloren, mußten sie noch mit ansehen, wie sich die Sieger auf Verwundete und Gefallene stürzten und sich um das noch warme Fleisch stritten.

Bei Anbruch der Nacht, nach einem Flug von 240 km, landete die *Victoria* unter 27° Länge und 4° 20′ nördlicher Breite. Im Nu war es stockfinster geworden, der Baum, in dem der Anker hing, war nur noch als unförmige Masse zu erkennen. Dr. Fergusson übernahm wie gewöhnlich die erste Wache, um Mitternacht löste Kennedy ihn ab.

»Irgend etwas ist da, du mußt aufpassen«, warnte ihn der Doktor.

»Hast du was gesehen?«

»Nicht direkt, aber mir ist ein eigenartiges Geräusch aufgefallen.«

»Tiere wirst du gehört haben.«

»Nein, das war etwas anderes. Ich weiß nicht, was. Weck uns jedenfalls sofort, wenn sich etwas rührt.«

Fergusson kroch unter seine Decke. Es war vollkommen windstill. Die *Victoria* rührte sich nicht von der Stelle. Kennedy spähte angestrengt in die Nacht, und mit einemmal glaubte er einen Lichtschimmer in der Ferne zu sehen, der sofort wieder verschwand. Zuerst nahm er an, seine übermüdeten Augen hätten ihn getäuscht, dann blitzte wieder etwas auf, diesmal ein ganzes Stück näher. Kennedy lud seine Waffen durch, zögerte aber noch, seine Kameraden zu wekken, und schaute mit dem Nachtglas nach unten. Es schien ihm, als huschten unbestimmbare Wesen um den Baum herum. Plötzlich kam der Mond für einen kurzen Augenblick hinter einer Wolkenbank hervor und ließ deutlich aufgerichtete Gestalten erkennen. Kennedy mußte an die Pavianbelagerung denken, weckte dann aber doch den Doktor.

»Was ist los?« fragte Fergusson.

»Still, wir müssen Joe wecken.«

»Sind es wieder die Affen?« fragte Joe schlaftrunken.

»Kann sein«, antwortete Kennedy. »Wir beide klettern jedenfalls die Leiter hinunter.«
Der Doktor blieb in der Gondel und hielt das Knallgasgebläse in Bereitschaft. Kennedy und Joe verschwanden über dem Rand und kauerten sich auf der Astgabel nieder, in welcher der Anker sich verhakt hatte. Eine Zeitlang hockten sie stumm auf ihrem Posten und lauschten; auf einmal ergriff Joe Kennedys Hand und deutete nach unten. Ein Zweig hatte geknackt, und es schien, als bewegten sich Schatten am Stamm hinauf.
»Es sind Neger«, flüsterte Joe.
Fremde Laute waren zu hören, und der Geruch von ranzigem Fett, mit dem sich die Eingeborenen eingerieben haben mußten, stieg ihnen in die Nase. Als zwei der Neger die Höhe Joes und Kennedys erklommen hatten, gab Kennedy das Kommando. Die Schüsse krachten fast gleichzeitig.
Sofort waren die Eingeborenen mit großem Geschrei verschwunden, aber in dem Lärm fiel eine Stimme auf, die deutlich *»Au secours, au secours!«* rief.
»Habt ihr das gehört?« fragte Fergusson, als die beiden wieder oben waren. »Ein Franzose hat um Hilfe gerufen.«
»Vielleicht ein Reisender oder ein Missionar?« sagte Kennedy.
»Wir müssen ihn retten. Er hat sicher eure Schüsse gehört und erwartet jetzt unsere Hilfe. Wir müssen alles vorbereiten und versuchen, ihn bei Tagesanbruch zu befreien.«
Wieder rief die Stimme um Hilfe, aber diesmal schwächer als zuvor.
»Wenn ihn die Eingeborenen aber noch heute nacht umbringen?« fragte Kennedy.
»Das ist sehr unwahrscheinlich«, antwortete Fergusson. »Diese Stämme töten ihre Gefangenen immer bei Tageslicht. Ich wüßte nicht, warum sie es diesmal anders halten sollten.«
»Am liebsten würde ich mich jetzt gleich hinunterschleichen«, sagte Kennedy. »Der arme Kerl ist sicher am Verzweifeln.«
»Wir können uns ja mit ihm verständigen«, sagte der Doktor und rief auf französisch hinunter, daß man ihm bald Hilfe brächte.

Die Antwort des Franzosen ging in einem fürchterlichen Geheul der Eingeborenen unter.
»Man massakriert ihn, bevor wir ihm helfen können«, sagte Kennedy. »Sam, wir müssen jetzt sofort etwas unternehmen.«
»Aber man sieht nicht einmal die Hand vor ... Warte mal, da kommt mir ein Gedanke. Der Franzose ist sicher ziemlich abgemagert und wird nicht viel wiegen. Wenn wir also ein paar Sack Ballast abwerfen, hat der Ballon auch noch genug Auftrieb, wenn wir einen vierten Mann mitnehmen. Um noch schneller aufsteigen zu können als nur mit dem Knallgasgebläse, brauchen wir nur den Rest Ballast über Bord gehen zu lassen ... Einen Haken hat die Sache allerdings: wenn wir wieder landen wollen, müssen wir Gas ablassen, weil die Gondel um einiges leichter ist als bisher ... Aber was sind schon ein paar Kubikmeter Gas, wenn wir einen Menschen retten können?«
Joe schichtete die Ballastsäcke am Rand der Gondel auf, Kennedy lud sämtliche Waffen.
»Joe, du kümmerst dich um den Ballast und läßt ihn über Bord gehen, und Dick, du übernimmst den Gefangenen, wenn es losgeht. Wartet aber meine Zeichen ab.«
Joe glitt am Halteseil hinunter und zog den Anker aus der Astgabel. Inzwischen ließ der Doktor den Gasdruck im Mischungskasten ansteigen, bis die Ventile kaum mehr hielten, und löste die Kontakte der Batterie von den isolierten Drähten, die zu den Elektroden im Wasserkasten führten. Er klemmte andere Drähte an die Pole der Batterie und verband sie mit zwei zugespitzten Kohlestücken. Dann nahm er in jede Hand einen Kohlestab, so daß die Spitzen aufeinander zeigten. Kurz bevor sie sich berührten, sprang ein Lichtbogen über und leuchtete mit unerträglicher Helligkeit. Kennedy und Joe waren sprachlos.
Fergusson leuchtete mit dieser Bogenlampe die Umgebung ab. Der Ballon schwebte über einem Affenbrotbaum, der inmitten von Sesam- und Zuckerrohrfeldern und niedrigen kegelförmigen Hütten stand. Die Eingeborenen rannten hin und her und begannen aufgeregt zu schreien. Jetzt war auch der Franzose zu sehen. 30 m unter dem Ballon lag er blutüberströmt an einem Pfahl, halb ausgezogen, der Kopf

war vor Schwäche auf die Brust gesunken. Lange, verklebte Haare hingen ihm ins Gesicht, aber auf dem Kopf war die Spur einer Tonsur zu erkennen. Als er den Lichtschein über sich wahrnahm, hob er den Kopf und streckte die Arme nach oben.

»Er lebt!« rief Fergusson. »Seid ihr fertig? Joe, Gebläse löschen!«

Allmählich sank die *Victoria*, und als die Eingeborenen das herabsteigende Licht sahen, flohen sie in ihre Behausungen und ließen ihren Gefangenen zurück. Aber während sich jetzt die Gondel dem Boden näherte und auf den Pfahl zutrieb, begriffen einige Neger, was man mit ihrem Gefangenen vorhatte, und kamen wieder zum Vorschein.

Der Pfarrer versuchte vergeblich, sich aufzurichten, er sank vor Schwäche immer wieder auf die Knie. Da berührte die Gondel den Boden, Kennedy sprang hinaus, schnitt den Gefangenen vom Pfahl los, packte ihn und hievte ihn in das Fahrzeug. Im gleichen Augenblick ließ Joe die 100 kg Ballast über Bord gehen.

Wider alles Erwarten erhob sich der Ballon nur schwerfällig und kam kaum höher als einen Meter über Grund.

»Was ist denn los?« schrie der Doktor.

»Einer hat sich unten angehängt!« rief Joe, der sich über den Rand gebeugt hatte.

»Dick, den Wasserkanister raus!« brüllte Fergusson, und Kennedy packte augenblicklich zu und warf einen 50-l-Kanister hinaus. Daraufhin stieg der Ballon 100 m, verhielt kurz und schoß plötzlich noch einige hundert Meter in die Höhe.

»Er hat losgelassen«, sagte Joe.

Im Schein des Lichtbogens sahen sie, wie sich der Eingeborene mit ausgebreiteten Armen in der Luft überschlug und dann am Boden aufprallte. Fergusson ließ die Bogenlampe verlöschen und schloß die Batterie wieder an das Gasaggregat an.

Nach einigen Minuten begann sich der Franzose zu regen und schlug die Augen auf.

»Sie sind gerettet«, sagte der Doktor zu ihm.

»Vielen Dank«, antwortete der Pfarrer, »aber mit mir geht es bald zu Ende.«

»Er stirbt ja«, sagte Kennedy.

»Noch nicht«, antwortete der Doktor. »Wir wollen ihn unter das Zelt legen.«
Vorsichtig betteten sie den blutverkrusteten Körper des wieder bewußtlosen Pfarrers auf ein Lager aus Decken. Der Doktor wusch die Wunden aus und legte ausgezupfte Scharpien darauf. Nachdem er ihm ein Herzmittel eingeflößt hatte, schlug der Pfarrer die Augen wieder auf. Fergusson beruhigte ihn und zog den Zeltvorhang zu.
Bald brach die Morgendämmerung an, die *Victoria* trieb mit einem leichten Wind nach Westnordwest. Der Pfarrer schien tief zu schlafen, nur manchmal stöhnte er leise. Man ließ ihn den ganzen Tag über in Ruhe, und in der folgenden Nacht wachten Kennedy und Joe abwechselnd neben seinem Lager, während der Doktor auf den Ballon achtgab.
Als der Kranke am nächsten Morgen an die frische Luft gelegt wurde, schien die Sonne von einem strahlend blauen Himmel. Er konnte jetzt schon wieder etwas kräftiger sprechen und fragte die Reisenden, wer sie seien und woher sie kämen.
»Erzählen Sie von Europa und von Frankreich«, bat er, »seit fünf Jahren habe ich nichts mehr von zu Hause gehört.«
Fergusson begann von den wichtigsten Ereignissen zu berichten, aber der Pfarrer weinte so sehr vor Heimweh und schüttelte sich derart im Fieber, daß der Doktor abbrach. Mit ein paar Tassen Tee brachte man ihn wieder etwas zu Kräften und erfuhr, daß er aus Aradon im bretonischen Departement Morbihan stammte und schon mit 20 Jahren nach Afrika gegangen war. Jahrelang hatte er unter den Stämmen am oberen Nil missioniert. Solange man ihn für verrückt hielt, wurde er von den Eingeborenen wenig belästigt. Unter den Njam-Njam-Stämmen aber mißhandelte man ihn furchtbar; der Häuptling eines Dorfes war vor einigen Tagen gestorben, die Eingeborenen schoben dem Weißen die Schuld zu und hatten begonnen, ihn langsam zu Tode zu quälen. Um die Mittagszeit des vergangenen Tages hätte er sterben sollen.
Der Pfarrer war wieder eingedämmert, die *Victoria* kam nur langsam voran. Gegen Abend meldete Joe einen starken Lichtschein in westlicher Richtung. Beim Näherkommen schien es, als würde dort der ganze Himmel brennen.

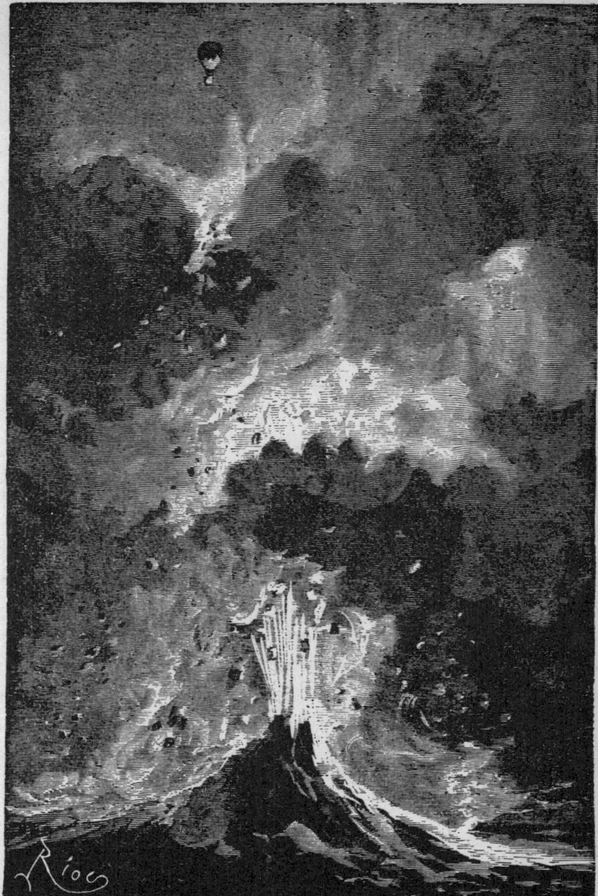

»Wir können doch nicht direkt auf diesen speienden Vulkan zuhalten!« rief Joe. »In genügender Höhe schon«, antwortete Fergusson ungerührt.

»Wahrscheinlich ein Vulkan«, sagte Fergusson.
»Das sagst du so ruhig, wo wir direkt darauf zu fliegen?« rief Kennedy.
»Benimm dich nicht wie ein Anfänger, Dick!«
Wenig später hatten sie das Gebirgsmassiv erreicht; gerade vor ihnen schleuderte ein ausbrechender Vulkan Lava und glühende Brocken in die Luft, und die flüssigen, weißglühenden Lavaströme krochen an allen Seiten des Kraters die Abhänge hinunter. Der Wind trieb den Ballon auf den glühenden Schlund zu, doch der Doktor ließ ihn bis auf 2000 m steigen, so daß die *Victoria* 600 m über dem Ausbruch dahinschwebte.
Die Unterseite des Ballons fing den Feuerschein auf und warf ihn in die Gondel; ein Gluthauch stieg bis zu den Reisenden hinauf. Die flüssige Lava schien die Hänge des Kraters wie mit einem brennenden Teppich zu überziehen. Gegen zehn Uhr abends schließlich war das ganze Schauspiel zu einem kleinen roten Punkt am östlichen Horizont zusammengeschrumpft.
Mit dem Pfarrer ging es zu Ende. Er konnte nur noch mit Mühe atmen, und das auch nur, weil ihn die klare Nachtluft etwas belebte.
»Ich muß sterben«, flüsterte er.
»Man stirbt doch nicht mitten in einer Sommernacht«, sagte Kennedy, um etwas zu sagen.
Der Apostel wollte zum letzten Gebet hinknien, aber Kennedy mußte ihn stützen. Die Agonie hatte bereits begonnen, und der Pfarrer starb auf halbem Wege zum Himmel in den Armen des heulenden Schotten.
Man wollte ihn am nächsten Morgen begraben. Bei Tagesanbruch zog ein kahles Hochplateau unter der Gondel hinweg, zwischen erloschenen Kratern waren tiefe Schluchten eingeschnitten, Felsen türmten sich übereinander. Nirgends ein Grashalm, nirgends in dieser Steinwüste auch nur ein Tropfen Wasser. Der Doktor ließ den Ballon in eine Schlucht sinken, um ihn bei der Landung vor dem Wind zu schützen. Er fand keinen Ankerhalt und mußte die Gondel deshalb auf Grund setzen.
Joe sprang hinaus, hängte sich mit der einen Hand an den Rand der Gondel und warf mit der anderen Steine hinein,

um das Gewicht seines Körpers auszugleichen. Danach konnte er mit beiden Händen arbeiten und hatte in kürzester Zeit einige Zentner Steine hineingeschafft. Die einzelnen Brocken waren merkwürdig schwer. Der Doktor besah sie sich genauer: sie enthielten große Mengen Quarz und Porphyr.
Joe und Kennedy scharrten jetzt eine Grube aus, um den toten Körper vor Tieren zu schützen. Die Sonne strahlte unbarmherzig in die Schlucht, kein Lufthauch rührte sich, der Boden brannte unter den Füßen. Während Kennedy und Joe den Leichnam packten, in die Mulde legten und das Grab mit Steinen zudeckten, stand Dr. Fergusson grübelnd und geistesabwesend in der Nähe.
»Was schaust du so tiefsinnig?« fragte Kennedy. »Mitten in dem Leben sind wir vom Tod . . .«
»Nein, es ist etwas anderes. Da hat dieser Apostel Armut gelobt und in Armut gelebt und verbringt das Ende der Tage in einer Goldmine.«
»Was, Gold?« riefen die beiden anderen.
»Jawohl«, antwortete Fergusson, »die Steine, die ihr ihm eben aufgeladen habt, sind reines Golderz. Wenn ihr zwischen den Platten da drüben sucht, findet ihr sicher auch Goldklumpen.«
»Sie sagen das so unbeteiligt, Herr Doktor«, antwortete Joe.
»Für mich als Wissenschaftler bedeutet Gold nichts. Es ist nur ein Mineral wie jedes andere.«
»Stellen Sie sich mal vor, Herr Doktor«, sagte Joe, »wenn Sie hier ein paar Goldklumpen einstecken würden, brauchten Sie nie mehr um Forschungsstipendien zu betteln!«
»Und um deine Altersversorgung brauchte ich mich auch nicht mehr zu kümmern«, antwortete Fergusson. »Junge, du stirbst ja gleich am Goldfieber.«
»Aber ein paar Milliönchen könnten wir doch einpacken«, meinte Joe.
»Von mir aus kannst du das Gewicht des Pfarrers in Gold aufwiegen, aber mach dich darauf gefaßt, daß du deine Millionen jeden Augenblick zum Fenster hinauswerfen mußt.«
»Ein Rest wird hoffentlich übrigbleiben«, sagte Joe, »damit wenigstens unsere Spesen wieder hereinkommen.«
»Wenn wir wieder in England sind, kannst du ja die geographische Lage der Mine bekanntgeben und wirst Goldkönig.«

Joe arbeitete verbissen und hatte bald 10 Zentner Quarzbrocken, in denen das Gold eingeschlossen ist wie in einem harten Gangstein, neben der Gondel aufgeschichtet. Fergusson sah belustigt zu, wie Joe jeden Brocken liebevoll auf den Gondelboden legte.
Als sie wieder eingestiegen waren, zündete der Doktor das Gebläse an, die Rohrschlange wurde heiß, der Gasstrom zirkulierte und die Ballonhülle straffte sich, aber nichts rührte sich.
»Joe«, rief Fergusson.
Der Diener sah verlegen zur Seite. Der Doktor sprach ihn nochmals an. »Joe, laß die Zinsen deines Vermögens über Bord gehen!«
»Ich glaube, Ihr Knallgasgebläse funktioniert heute nicht richtig«, antwortete Joe.
»Möchtest du gerne hierbleiben?«
Joe suchte, bis er den kleinsten Quarzbrocken fand, wog ihn lange in der Hand und warf ihn zögernd hinaus. Der Ballon zerrte zwar an den Seilen, aber die Gondel rührte sich nicht. Joe opferte noch ein paar Kilogramm.
»Gib deinem Herzen einen Ruck«, sagte der Doktor, »und lad noch ein paar Zentner Kapital ab.«
Joe wartete nach jedem Brocken lange, ob sich die Gondel immer noch nicht bewegte. Kennedy lachte aus vollem Hals, während der Diener sich mit saurem Gesicht abarbeitete, um ärmer zu werden. Schließlich, nachdem alle dicken Brocken wieder draußen waren, hob sich die *Victoria* und schwebte unter vollem Gasdruck über den Rand der Schlucht hinweg.
»Von dem Rest kannst du dir immer noch selbst einen Diener halten«, sagte der Doktor zu Joe, aber der fand das gar nicht komisch.

13

»10 Tage haben wir für etwas weniger als die halbe Strecke Sansibar/Westküste gebraucht«, sagte der Doktor. »Es kann sein, daß wir für den Rest noch Monate benötigen. Und gerade jetzt geht uns das Wasser aus!«

»Na hör mal zu«, sagte Kennedy, »auf 3000 km Weg kein einziges Wässerchen mehr, das gibt es doch nicht. Joe, dann müssen wir dein Gold versetzen und Wasser kaufen.«
Aber Joe sagte nichts mehr, er war beleidigt wie ein Kapitalist nach der Steuerfahndung. Auch der Doktor brütete vor sich hin, er dachte an die Schrecken der Sahara, wo die Karawanen oft wochenlang nach Trinkwasser suchen müssen. Auf Kilometer hinaus war jetzt keine Senkung mehr zu sehen, die letzten Bodenwellen liefen allmählich in die weiten Flächen der Wüste aus. Hier hörten Hütten und Dörfer auf, die Vegetation wurde dünner, das letzte waren verkrüppelte Pflanzen, wie man sie aus dem schottischen Hochland kennt. Sand und Feuersteine traten zutage, und zwischen vereinzelten schroffen Felsrändern zeigte sich das rohe Gerippe der Erde. Eine Karawane schien sich in diese verlassene Gegend noch niemals verirrt zu haben, denn die Reisenden entdeckten weder Reste von Lagern noch von Menschen oder Tieren.
Langsam, aber unaufhaltsam, näherte sich die *Victoria* der Sandwüste, ein Zurück war nicht mehr möglich. Im stillen hoffte Fergusson, ein Sturm würde den Ballon packen und rasch über die Wüste hinwegtreiben. Aber keine Wolke zeigte sich am Himmel, und am Abend war der Ballon kaum 50 km weitergekommen.
Knapp 14 l Wasser waren ihnen geblieben. 4 l bestimmte Fergusson als eiserne Trinkwasserration, den Rest schüttete er in das Aggregat. 18 m^3 Knallgas konnten damit erzeugt werden, bei einem stündlichen Verbrauch von 0,3 m^3 mußte ihre Reise in 60 Stunden zu Ende gehen.
Der Doktor legte seinen Kameraden diese Rechnung vor: »60 Stunden können wir noch fliegen. Das sind dreieinhalb Tage, denn bei Dunkelheit müssen wir auf jeden Fall anhalten, damit wir nicht die kleinste Pfütze übersehen.«
»Du kannst ja unsere Rationen schon mal einteilen«, sagte Kennedy, »damit wir uns nicht auch noch in die Haare geraten.«
Joe tischte beim Abendessen Grog auf, aber diesmal war das Verhältnis von Branntwein und Wasser umgekehrt als sonst. Diesen Grog zu trinken war das Ungeschickteste, was

sie tun konnten, denn danach brannte ihnen der Rachen fürchterlich.
Bei Einbruch der Dunkelheit ging der Ballon auf einem Plateau nieder, das keine 300 m über dem Meeresspiegel lag. Dahinter erkannten sie eine Senke. Fergusson ertappte sich dabei, wie er an den angeblichen »zentralafrikanischen Binnensee« denken mußte, über den es zahlreiche Gerüchte gab, und daß er sich sogar ausrechnete, wie die *Victoria* auf keinen Fall daran vorbeifliegen könnte, wenn sie die eingeschlagene Richtung hielt ...
Kaum war am Morgen die Sonne aufgestiegen, brütete die von keinem Dunst gemilderte Hitze über dem Wüstensand. Die Rückstrahlung des glühenden Bodens schlug in heißen Wellen bis zur Gondel hoch. Fergusson wollte aber auf keinen Fall in kühlere Luftschichten steigen, um das Wasser nicht vorzeitig zu verbrauchen. So schwebte der Ballon in 30 m Höhe und hatte bis zum Mittag nur ein paar Kilometer zurückgelegt.
»Mir scheint, jetzt ist es aus mit der natürlichen Ballonsteuerung, die ich zu Hause propagiert habe«, sagte Fergusson. »Zu dumm.«
»Du hättest den Propeller-Erfindern nicht die Tür weisen sollen«, antwortete Kennedy. »Propeller würden uns erstens vorwärtsbringen und zweitens Fahrtwind in die Gondel ziehen.«
»Schön und gut«, sagte der Doktor, »und wenn wir für den Antrieb des Propellers auch noch Wasser brauchen würden, säßen wir noch schneller auf dem trockenen. Dick, du vergißt, daß man noch keinerlei praktische Erfahrung mit Propellern gemacht hat. Der Ballonbau steht auf der gleichen Entwicklungsstufe wie der Schiffsbau vor der Erfindung der Dampfmaschine. 6000 Jahre lang hat man sich alle möglichen und unmöglichen Segel ausgedacht und Tausende von Galeerensklaven zu Tode geschunden, bis man auf Schaufelräder und Schrauben kam. Beim Ballon wird es vielleicht doch etwas schneller gehen.«
Besonders Joe setzte die Hitze zu. Er fluchte und stöhnte, das Wasser lief ihm am Hals herunter, seine Kehle war trocken, und das Gurgeln im Säurebehälter mit den Elektroden brachte ihn zur Raserei.

»Hätten wir bloß den Kanister noch«, klagte er.
»Tja«, sagte der Doktor, »dann könnten wir Tausende von Metern steigen und kämen aus dem Glutofen heraus.«
»Steigen?« rief Joe. »Trinken!!«
»Tut es dir jetzt leid, daß du den Kanister geopfert hast?« fragte Kennedy.
»Nein, natürlich nicht«, antwortete Fergusson, »immerhin haben wir das Leben des Pfarrers damit um ein paar Stunden verlängert. Ich muß nur dauernd daran denken, daß wir mit 40 l Wasser noch 12, 13 Tage länger fliegen könnten, also weit über die Wüste hinaus.«
»Aber die Hälfte der Reise haben wir doch hinter uns!«
»An Kilometern schon, aber nicht an Zeit.«
Der flache Boden ebnete sich immer mehr ein, die Wellenlinien der Goldaderberge verschwanden im Flimmern des östlichen Horizontes. Die organische Natur schien sich allmählich ganz zu erschöpfen. Ein paar Grasbüschel konnten sich noch halten, aber bald war auch das schwächste Grün verweht. Die von den letzten Gebirgsausläufern herabgestürzten Felsen hatten sich zerrieben, zunächst zu Kieseln, dann zu Sand.
»So hast du dir doch Afrika immer vorgestellt, Joe«, sagte Dr. Fergusson, »bist du jetzt zufrieden?«
»Warum nicht?« antwortete der Diener. »Afrika ist eben Hitze, Sand und Durst, die Wälder und Wiesen, mit denen Sie mich hierhergelockt haben, interessieren mich nicht. Die sieht man ja auch in England. Bisher war's wirklich langweilig, aber jetzt fühle ich mich zum erstenmal wie in Afrika. Dafür hat sich all die Mühe schon gelohnt.«
Bis zum Abend war die *Victoria* nur 30 km weitergekommen. Die Tage unterschieden sich nicht mehr. Die Sonne brannte vom Himmel herunter, und der kaum fühlbare Luftzug schien sich langsam auszuhauchen, so daß man sich ausrechnen konnte, wann der Ballon endgültig stillstehen würde. Fergusson suchte mit seinem Glas die Umgebung ab, aber alles, was er sah, waren letzte Bodenwellen, die sich verflachten, letzte Spuren von Vegetation, die verschwanden.
Zum erstenmal wurde ihm bewußt, daß er für seine Kameraden verantwortlich war. Er hatte sie als Freund und als Arbeitgeber mit Verlockungen zu dieser Reise überredet, ja

fast gezwungen, und nun drohten sie zu scheitern. Hatte er sich auf verbotene Wege begeben? Hatte er versucht, gegen die Grenzen des Unmöglichen anzugehen? Depressionen quälten ihn, und in seiner Verzweiflung verbanden sich die Gedanken zu seltsamen, irrealen Vorstellungen. Er wußte jetzt genau, was er nicht hätte tun sollen, nun grübelte er darüber nach, was ihm zu tun noch übrigbliebe. Es gab vielleicht die Möglichkeit zur Umkehr. Das Land im Rücken war ihm bekannt, dort konnte man Wasser finden; vielleicht gab es in größeren Höhen einen Wind, der den Ballon nach Osten trieb. Über den Kopf seiner Kameraden hinweg wollte und konnte er aber nichts entscheiden. Er setzte ihnen die Lage ohne Beschönigung auseinander und rechnete ihnen die Überlebenschancen vor, falls sie sich in der Wüste verlören.

»Du weißt genau, Samuel, daß ich die Gefahren des Unternehmens von Anfang an nicht unterschätzt habe«, sagte Kennedy. »Schließlich habe ich dir vertraut und zu allem ja gesagt, deshalb kommen wir entweder alle bis ans Ziel oder wir gehen unter. Eine Rückkehr wäre in jedem Fall genauso gefährlich.«

Auch Joe überließ sich völlig der Führung des Doktors. Fergusson war gerührt und wagte nach den Solidaritätsbekundungen der beiden wieder zu hoffen.

»Wir sind nur noch 500 km vom Golf von Guinea entfernt, die Wüste ist allem Augenschein zum Trotz nicht unendlich!« rief er. »Außerdem ist die Küste ein ganzes Stück ins Landesinnere erschlossen und besiedelt. Wir müssen eine Oase und Quellen finden, wenn uns nur eine Luftströmung von der bisherigen Richtung abbringt. Allerdings riecht es bis jetzt noch nicht stark nach frischem Wind.«

»Wir müssen ihm eben auflauern«, sagte Kennedy.

Wieder schien der Tag kein Ende zu nehmen, die Ballonfahrer schauten angestrengt über die gleißende Sandfläche, die letzten Bodenwellen lagen bereits hinter dem Horizont, die Strahlen der untergehenden Sonne verlängerten sich auf der Ebene zu rotglühenden Streifen. 20 km hatten die Reisenden geschafft, das Trinkwasser war um einen halben Liter weniger geworden. Wieder brach ein klarer Tag an, der Ballon stieg auf 150 m, die Fortbewegung war kaum zu erkennen.

»Eines verstehe ich nicht«, sagte Fergusson. »Warum ist hier Sandwüste, während in anderen Erdteilen auf dem gleichen Breitengrad und unter der gleichen Sonne die herrlichste Vegetation gedeiht?«

»Was kümmert mich das Warum«, antwortete Kennedy ärgerlich.

»Ich frage, damit es nicht so langweilig ist«, sagte der Doktor, »ich frage, weil der Mensch sich durch das Bedürfnis nach Kausalität von allen Wesen unterscheidet, die wir kennen.«

»Ich empfinde eigentlich noch stärker als das Kausalitätsbedürfnis das Bedürfnis nach klarem Wasser«, seufzte Kennedy.

»Wasser trinkt auch das Tier.«

»Ich sehe Wolken!« rief Joe plötzlich.

»Fragen wir uns doch mal, was das bedeutet«, sagte Kennedy.

»Bis jetzt ist mir Wärme immer sehr lieb gewesen«, meinte Joe, »besonders im Winter, und ich habe oft Angst gehabt, es könnte eines Frühlings plötzlich nicht mehr warm werden. Aber zu verschwenden braucht man die Hitze auch wieder nicht, im Sommer.«

»Hält denn der Ballon die Bestrahlung noch lange aus?« fragte Kennedy.

»Der Überzug hat noch ganz andere Temperaturen vertragen, denn das Gas wurde zur Probe mehrmals auf 70 Grad erhitzt.«

Joe sah nach seinen Wolken. Es schob sich tatsächlich eine dünne Schicht über den Horizont, kleine Wolkenhaufen, die ihre Formation nicht änderten und somit auch kein Zeichen für kommenden Wind waren. Von 8 Uhr morgens, als Joe die Wolken entdeckte, bis mittags 11 Uhr dauerte es, ehe sie die Sonne verdeckten. Aber gleichzeitig löste sich auch das hintere Ende der Schicht wieder vom Horizont ab, über dem die heiße Luft flimmerte.

»Davon haben wir nicht viel zu halten«, sagte Fergusson.

»Wenn die Wolken nicht zu uns herunterkommen, müssen wir eben zu ihnen hinauf«, antwortete Kennedy.

»Das kostet allerdings einen Haufen Wasser. Aber vielleicht werden uns da oben die Kanister gefüllt.«

Fergusson drehte entschlossen das Gebläse auf, der Ballon blähte sich und stieg. In 500 m Höhe durchstieß er die Wolkendecke und war plötzlich von dichtem, hellem, aber völlig trockenem Dunst umgeben. Immerhin schien die *Victoria* etwas schneller voranzukommen als vorher.
»Was ist denn hier los?« rief Joe plötzlich, heftig erschrokken. »Da verfolgt uns jemand.«
»Leidest du schon jetzt an Verfolgungswahn?« fragte Kennedy.
»Aber schauen Sie doch selbst hin: da kommt ein Ballon auf uns zu und will uns rammen!« schrie der Diener.
»Joe, du hättest doch einen Sonnenhut aufsetzen sollen«, meinte Fergusson.
»Nein, Sam, er hat recht!« rief dann plötzlich auch der Schotte.
Tatsächlich war unter ihnen ein Ballon aufgetaucht, der jetzt 70 m über dem Boden in der gleichen Richtung flog wie die *Victoria.*
»Ihr könnt unserer Konkurrenz ja mal zuwinken«, sagte der Doktor.
Zur gleichen Zeit wie Kennedy zog auch in der anderen Gondel einer die englische Flagge heraus und schwenkte sie in der Luft.
»Da sind ja Affen und Papageien drin, die uns nachmachen!«
»Ach Joe«, sagte der Doktor und lachte, »die Affen haben es dir wohl angetan. Schau mal genau hin, dann wirst du sehen: der Affe, der da winkt, bist du selber. Ihr seht euch und den Ballon in einem Spiegel, der entstanden ist, weil Luftschichten mit verschiedener Dichte und verschiedener Temperatur aufeinandergestoßen sind.«
»Ich finde, wir sehen in diesem Luftspiegel recht imponierend aus«, sagte Kennedy.
Joe konnte sich an dem Phänomen nicht sattsehen und fuchtelte wild mit den Armen. Nach kurzer Zeit aber verblaßte die Erscheinung wieder und verschwand. Die Wolken stiegen, und der Ballon trieb erneut unter der ungemilderten Sonnenglut dahin. Fergusson ließ ihn jetzt knapp über den Boden sinken. Seine Geschwindigkeit war annähernd Null. Die drei Reisenden fielen unter der lähmenden Hitze in dumpfe Lethargie.

»Ich werd' verrückt: da drüben fliegt noch ein Ballon . . . gib Zeichen mit der Fahne . . . tatsächlich, sie erwidern . . . eine englische Fahne, genau wie unsere . . .«

Joe, der Unruhigste, sprang öfter auf, weil er etwas gehört zu haben glaubte oder zu sehen hoffte. Und er war es dann auch, der gegen 16 Uhr weit voraus zwei Punkte entdeckte, die sich dunkel von der Sandfläche abhoben. Sofort waren die anderen auf den Beinen.
»Es sind Palmen!« rief Fergusson. »Eine Oase, Schatten und Wasser! Wir sind gerettet!«
»Wenn wir dort unten sowieso Wasser finden, können wir uns ja gleich jetzt was auf die Nase gießen«, sagte Joe. »Gott sei Dank, ich wäre vor Durst fast geplatzt.« Alle drei tranken weit über ihre Ration. Es blieben noch knapp 2 l Wasser übrig.
»Das beste Export von Guinness würde ich hier gegen frisches Wasser tauschen!« sagte Joe.
»Bescheiden«, sagte der Doktor. »Das sind die Freuden der Entbehrung. Man lernt die einfachsten Dinge wieder schätzen. Ich werde dich aber zu Hause beim Wort nehmen.«
»Mich bitte nicht«, sagte Kennedy. »Guinness is good for me. Bier macht die Wüste erst schön.«
Um 18 Uhr schwebte die *Victoria* unmittelbar über den Palmen, aber die Reisenden erschraken. Es waren nur noch Gespenster von Bäumen, ohne Blätter, die verdorrten Zweige vollkommen schwarz. Darunter sah man die Überreste einer Brunneneinfassung, aber kaum einer der verwitterten und in der Hitze geborstenen Steine lag noch auf dem anderen. Dr. Fergusson erstarrte. Der Umkreis der verschütteten Oase war mit Skeletten und einzelnen Knochen übersät, ausgebleicht wie der Sand ringsumher. Eine Karawane mußte hier verendet sein, die stärksten Tiere hatten es noch bis zu den Palmen geschafft, die schwächeren waren bereits vor der ausgetrockneten Quelle zusammengebrochen und verendet.
»Ich setze hier keinen Fuß auf den Boden«, sagte Kennedy, »Samuel, gib Gas, hier finden wir nie im Leben Wasser!«
»Das kannst du nicht wissen«, antwortete Fergusson. »Außerdem ist es gleichgültig, ob wir hier die Nacht verbringen oder woanders.«
Bald saß die Gondel auf Grund, Kennedy und Joe beschwerten sie mit Sand und marschierten auf den Brunnen los. Die Stufen in seinem Inneren zerfielen unter ihren Tritten und vermengten sich mit dem Sand, der den Boden bedeckte. So

sehr sie auch suchten und den ausgedörrten Sand zur Seite scharrten, sie fanden keinen Schimmer von Feuchtigkeit. Staubbedeckt kamen sie wieder zum Vorschein, der Doktor begriff sofort, was los war. Auf dem Weg zur Gondel hob Joe den Rest eines Wasserschlauchs auf. Er zerfiel in seinen Händen. Joe warf die Reste wütend und verzweifelt zur Seite.
Beim Abendessen sprach keiner ein Wort. Alle wußten, daß die Qualen erst von hier ab beginnen würden.

14

6 m³ Knallgas hatte das Gebläse verbraucht, aber die *Victoria* war nur 15 km weitergekommen.
»Unsere Maschine arbeitet noch 6 Stunden«, sagte Fergusson am nächsten Morgen, »wenn wir bis dahin kein Wasser gefunden haben, können wir zu Fuß weiterreisen.«
Auch nicht der sanfteste Lufthauch war jetzt mehr zu spüren, der Ballon lag fest wie ein Schiff in der Kalmenzone. Inzwischen war die Hitze auf 45° im Schatten angestiegen. Kennedy und Joe ließen sich in die Gondel fallen und dämmerten vor sich hin. Es gab nichts mehr, was sie ablenken konnte, sie sanken in Halbschlaf, um ihre vergangenen Leiden aus dem Bewußtsein zu verdrängen und zu vergessen, was sie noch erwartete. Aus lauter Verzweiflung hatten sie Schnaps getrunken und sich so fürchterlich die Schleimhäute verbrannt, daß sie bis auf einen Rest von 1 l alles Wasser hinunterstürzten. Fergusson bereute jetzt, daß er so viel Wasser in das Aggregat geschüttet hatte. Es war gleichgültig, ob der Ballon erst hier oder schon 100 km weiter zurück hätte landen müssen, weil das Gebläse nicht mehr arbeitete; immerhin hätten die Reisenden 9 l Trinkwasser mehr gehabt – genug für eine weitere Woche. Im Notfall hätte man auch Ballast abwerfen können, um zu steigen und nach Wind zu suchen ... Aber was half der Konjunktiv. Um 10 Uhr morgens zündete der Doktor in einem jähen Entschluß das Gebläse an, drehte das Gasventil voll auf und ließ den Ballon, während

seine Kameraden schliefen, bis auf 1500 m steigen. Aber die Luft stand in allen Schichten still, der Ballon stieg und fiel in einer senkrechten Linie, genau über dem Platz, von dem er sich erhoben hatte.
Da ließ auch schon der Druck des Knallgases nach. Die Elektroden hingen nicht mehr im Wasser, die Flamme erlosch, die Ballonhülle begann zu erschlaffen, die *Victoria* sank unaufhaltsam, und die Gondel berührte knapp neben dem ausgetrockneten Brunnen den Boden, wo ihre Spuren noch eingedrückt waren.
Der Stoß beim Aufsetzen der Gondel riß Kennedy und Joe aus dem Schlaf.
»Warum landen wir schon wieder?« fragte Kennedy.
»Es ist aus«, antwortete Dr. Fergusson.
Er hatte berechnet, daß sie sich etwa 800 km südöstlich des Tschad-Sees und 650 km östlich des Golfs von Guinea befinden mußten.
Der Ballon rührte sich nicht, da der Boden auf gleicher Höhe mit dem Meeresspiegel lag. Die Reisenden beluden die Gondel mit Sand, bis sie unbesorgt aussteigen konnten, und kauerten sich zum Abendessen nieder. Keiner interessierte sich für Zwieback und Pemmikan, keiner hielt mehr Wache, aber auch niemand schlief. Verstohlen nippte einer nach dem anderen aus der Wasserflasche, und am Morgen war ein knapper Viertelliter übriggeblieben. Der Doktor nahm diesen Rest unter Verschluß.
Das Quecksilber war an diesem Tag auf 60° geklettert, und der Sand brannte unter den Füßen.
»Wir haben noch lange keinen Grund, zu verzweifeln«, sagte Fergusson. »Auf große Hitzewellen folgen in diesen Breiten unvermeidlich Stürme. Innerhalb von wenigen Stunden kann das Wetter schon umschlagen, ohne daß es sich auffallend ankündigt. Mir scheint außerdem, daß Barometer hat leicht fallende Tendenz.«
»Was hilft das alles«, sagte Kennedy, »wenn unsere *Victoria* flügellahm ist.«
Bald verstummte das Gespräch völlig, jeder brütete vor sich hin. Nicht nur Hitze und Durst lähmten die Sinne, sondern auch der bloße Anblick der Wüste brachte Panik. Nirgendwo konnte sich das Auge ausruhen, nichts in dem Sand-

meer zog die Aufmerksamkeit an. Die grenzenlose Langeweile schlug allmählich in fast körperlichen Ekel um, und die Reisenden glaubten, Symptome der gefürchteten Wüstenkrankheit an sich zu entdecken. Während sie hinausstarrten, begann die Luft vor ihren Augen zu tanzen und zu vibrieren, als schauten sie über ein Feuer hin. Die unabsehbare Wüste wurde zum Symbol der Unendlichkeit. Die drei zwangen sich zu der Einsicht, daß sich an ihrer Lage kaum mehr etwas ändern würde; aber je klarer das wurde, desto mehr bäumten sich ihre Sinne dagegen auf. Nichts änderte sich an der vollkommenen Stille und dem trostlos gleichbleibenden Anblick der Wüste, und bevor der Abend kam, verschwammen auch die Einzelheiten der nächsten Umgebung vor ihren Augen.

Nach Einbruch der Dunkelheit erhob sich Fergusson von seinem Lager und ging ein paar Schritte auf und ab. Er wollte seinen Körper durch einen kleinen Marsch wieder in Bewegung bringen und hoffte, seine Gedanken dabei ablenken zu können und seine überreizten Nerven zu beruhigen.

»Kommt ihr mit zu einem Wüstenlauf?« fragte er die Gefährten. »Das wird euch guttun.«

»Keinen Schritt«, antwortete Kennedy barsch.

»Ich will nur noch eins: schlafen!« murmelte Joe.

»Reißt euch zusammen!« schrie der Doktor. »Wollt ihr hier verrecken?«

Aber keiner rührte sich. Jeder Zuspruch war zwecklos. So ging er allein los. Die ersten Schritte fielen ihm schwer, aber bald kam Bewegung in seine Glieder, und er konnte in seinem gewöhnlichen Tempo marschieren. Das ging vielleicht eine Stunde lang gut, er kam mehrere Kilometer in westlicher Richtung vom Ballon ab, fühlte schon seine alten Kräfte zurückkehren, da begann er plötzlich in den Knien zu wanken, es schwindelte ihm vor Augen, und er hatte das Gefühl, ein Abgrund täte sich vor ihm auf. Die Sandfläche um ihn herum drehte sich, er geriet in einen Taumel und glaubte in ohnmächtigem Schrecken, er stürze in die Einsamkeit hinab. Verzweifelt sah er sich um, aber den Ballon hatte längst die Nacht verschluckt. Er wollte sich aufraffen und umkehren, brach aber wieder zusammen. Er schrie in voller Verzweiflung. Nichts rührte sich, der Sand verschluckte

jeden Widerhall. Da verlor Dr. Fergusson, der unerschrokkene Forscher, vor Angst das Bewußtsein und sackte als lebloser Körper zusammen.
Er kam erst wieder zu sich, als ihn jemand schüttelte und massierte. Joe war seinen Fußspuren nachgegangen und hatte ihn schließlich gegen Mitternacht im Sand gefunden.
»Ist Ihnen etwas zugestoßen?« fragte Joe.
»Nur eine Migräne«, antwortete Fergusson und ärgerte sich über seine Schwäche.
Joe half ihm auf die Beine und faßte ihn unter den Arm, damit er gehen konnte.
»Sie sind wirklich leichtsinnig«, schimpfte der Diener. »Man hätte Ihnen die Taschen ausleeren können, ohne daß Sie es merkten! Im übrigen finde ich, daß es so nicht weitergehen kann.«
Fergusson gab keine Antwort.
»Einer muß sich opfern.«
»Wie stellst du dir das vor?« fragte der Doktor hastig.
»Ich stecke mir die Taschen voll Lebensmittel und marschiere einfach los. Irgendwo muß ich einmal hinkommen. Finden Sie Wind, so fahren Sie ab, ohne auf mich zu warten. Sollte ich ein Dorf erreichen, werde ich Hilfe für Sie organisieren, Sie können mir ja einen Zettel mit ein paar arabischen Sätzen schreiben.«
»Das ist edel von dir, aber sinnlos«, antwortete Fergusson.
»Trotzdem will ich es versuchen. Hier gehen wir alle drei vor die Hunde. Die Frage ist nur noch, wann. Jetzt ist es Montag, 1 Uhr morgens. Wenn bis Dienstag nichts geschieht, dann gehe ich los, und Sie werden mich nicht daran hindern.«
Am anderen Morgen sah der Doktor als erstes auf das Barometer; es war kaum gefallen. Das Wetter hatte sich nicht geändert, unbarmherzig brannte die Sonne vom Himmel.
Joe stierte vor sich hin und wälzte Hilfsprogramme in seinem Kopf; Kennedy schien am schlimmsten mitgenommen. Er hatte die Kontrolle über seine Nerven verloren, und sein Mund war schon so ausgetrocknet, daß seine Worte nur noch wie ein Krächzen klangen.
Alle wußten, daß noch ein paar Tropfen Wasser in der Flasche waren. Aber keiner wagte, die Hand danach auszu-

strecken. Mißtrauisch sahen sich die Forscher an, mit kaum verhohlener Gier. Kennedy konnte sich nur noch mit Mühe beherrschen, der kräftige Schotte erlitt hier die ärgsten Schwächeanfälle. Er taumelte bisweilen im Delirium, schrie, biß sich in die Fäuste und war drauf und dran, sich die Adern zu öffnen und sein Blut zu trinken. Dann kam wieder eine Phase, in der er vollkommen teilnahmslos wurde, sich kaum noch bewegte und mühsam die Luft durch die aufgesprungenen Lippen einzog.
Gegen Abend war es auch mit Joe soweit. Er stürzte sich kopfüber in den Sand, stopfte sich den Mund damit voll und spuckte ihn angewidert aus. Nichts konnte ihn von der Vorstellung abbringen, die Wüste sei ein See mit klarem, hellem Wasser. Sein Durst trieb ihn schließlich zu der Wasserflasche. Auf den Knien rutschte er zur Gondel, während er sich vergewisserte, daß Kennedy und der Doktor ruhig blieben. Mit einem Griff hatte er die Flasche in der Hand und riß sie an die Lippen.
Kennedy war zu ihm hingekrochen und bettelte heulend um Wasser. Jetzt begann auch Joe zu schluchzen; er streckte ihm die Flasche hin, Kennedy packte sie und soff sie in einem Zug leer. Dann fielen beide in den Sand. Nach dieser furchtbaren Nacht glaubten die Reisenden, ihre Glieder verschmorten allmählich unter einer feurigen Dusche. Es war der Morgen, an dem Joe hatte losmarschieren wollen; aber er konnte sich schon nicht mehr auf den Beinen halten.
Fergusson hatte die Arme vor der Brust gekreuzt, stand aufrecht in der Gondel und starrte mit irrem Blick auf einen imaginären Punkt am Himmel. Noch schlimmer hatte es Kennedy erwischt. Er lag im Sand und warf ununterbrochen den Kopf hin und her wie ein tollwütiges Tier. Plötzlich entdeckte er seine Büchse, deren Kolben über den Rand der Gondel ragte. Mit einem Schrei stürzte er sich auf die Waffe, kehrte sie um und richtete das Rohr gegen seinen Mund. Aber Joe hatte das verfolgt und warf sich auf den Schotten.
»Laß los!« schrie Kennedy. »Hau ab, oder ich leg dich um!«
Doch der Diener hielt ihn so fest umklammert, daß er nicht zum Schießen kam. Beide wälzten sich am Boden. Da löste sich ein Schuß. Fergusson erwachte aus seiner Trance und blickte entgeistert um sich. Er verstand nicht, was vorging.

Mit einemmal aber schien sich seine Aufmerksamkeit auf etwas zu konzentrieren, und er schrie los:

»Da! Dort hinten!«

Kennedy und Joe ließen unwillkürlich voneinander ab und starrten in die Richtung, die Fergusson mit ausgestrecktem Arm wies.

Die ganze weite Fläche am Horizont hatte sich in Bewegung gesetzt, Wogen von Sand überrollten einander. Von Südosten her näherte sich mit rasender Schnelligkeit eine scheinbar vom Boden bis zum Himmel reichende rotierende Säule, die den Sand hochriß und herumwirbelte. Die Horizontlinie verschwand in einem feinen Sandschleier, und die Sonne verdunkelte sich mit undurchdringlichen Wolken, deren Schatten eben den Ballon erreichten.

»Der Samum!« schrie Fergusson.

»Der Samum«, plapperte Joe nach.

Kennedy sah das Ende nahen und ließ seiner verzweifelten Wut freien Lauf. Der Doktor aber begann mit beiden Händen den Sand aus der Gondel zu schaufeln. Allmählich begriffen auch seine Kameraden, worum es ging, und kletterten in die *Victoria.*

»Joe, dein Erz muß raus!« rief der Doktor, und Joe schleuderte, ohne zu zögern, ein paar Brocken in den Sand. Der Ballon hob sich vom Boden.

»Höchste Zeit!« rief Fergusson erleichtert.

Blitzschnell war der Sandsturm da und bedeckte den Ballon mit einem Hagel von Körnern. Um ein Haar wäre es zu spät gewesen, der Orkan hätte die *Victoria* zerfetzt und in Stücke gerissen.

Joe mußte nochmals Golderz über Bord gehen lassen, dann erst stieg der Ballon bis über die Sandhose, wurde dort von wirbelnden Luftmassen gepackt und fortgerissen. Seine Geschwindigkeit ließ sich unmöglich schätzen. Um 15 Uhr legte sich der Sturm, die Sandmassen sanken langsam zu Boden, wo sie sich zu Bergen auftürmten. Allmählich klärte sich die Sicht nach unten: die *Victoria* schwebte gerade über einer grünen, baumbestandenen Oase, die aus dem Sandmeer emporstieg.

»Wasser!« schrie der Doktor, öffnete das Ballonventil und brachte die *Victoria* augenblicklich zum Sinken. In den

Sie hatten getrunken wie die Irrsinnigen; dann ließen sie sich im Schatten der Palmen nieder. Langsam kehrten ihre menschlichen Empfindungen zurück.

4 Stunden des sturmgetriebenen Fluges hatte der Ballon 400 Kilometer zurückgelegt.
Fergusson blieb als Wache in der am Boden festgemachten Gondel zurück, Kennedy und Joe verschwanden mit Waffen und Wasserflaschen zwischen den Bäumen. Zunächst blieb alles still, aber plötzlich schreckte sie ein fürchterliches Gebrüll auf, das sich keine 20 Schritt vor ihnen erhob.
»Ein Löwe!« schrie Joe. Kennedy riß die Büchse hoch und ging unbeirrt weiter. Da setzte das riesige Raubtier zum Sprung an. Noch bevor es wieder auf dem Boden aufkam, hatte Kennedy ins Herz getroffen. Sie fanden den Brunnen, Kennedy stürzte die feuchten Stufen hinunter, warf sich an der Quelle zu Boden und begann gierig zu schlürfen. Schon war auch Joe zur Stelle, und minutenlang war nichts als ein Schluckgeräusch wie von halbverdursteten Tieren zu hören.
»Maßhalten!« sagte Joe.
Aber Kennedy tauchte den ganzen Kopf ins Wasser. Erst als der Diener ihn an Fergusson erinnerte, erhob er sich wieder und füllte eine Flasche mit Wasser.
Als sie sich umdrehten, war der Eingang von einem dunklen Schatten versperrt. Die beiden waren noch nicht fertig mit ihrem Entsetzen, da hallte ein schauerliches Gebrüll von den Wänden wider.
»Die Löwin!« rief Kennedy, lud seinen Karabiner durch und feuerte, aber schon war der Schatten verschwunden. Kennedy wollte hinaus. Aber Joe hielt ihn zurück, nahm den leergeschossenen Karabiner und hängte seine helle Leinwandjacke an die Mündung. Kaum hatte er das Gewehr ein Stück aus der Öffnung geschoben, da sprang die Löwin darauf los, Kennedy zog ab, mit zerschmetterter Schulter rollte und stürzte das Tier die Treppe hinunter, Joe im Fallen mitreißend. Da krachte noch ein Schuß, und der Doktor erschien mit der rauchenden Flinte in der Hand auf der Treppe.

15

Unterm Schatten von Mimosen brachten die Reisenden den Abend mit Essen und Trinken zu. Da sie die einzigen Lebewesen an diesem paradiesischen Flecken waren, konnten sie sich schlafen legen, ohne Wachen auszustellen.

Am Morgen des nächsten Tages, dem 7. Mai, strahlte wieder die Sonne vom wolkenlosen Himmel. Die Reisenden waren durch das dichte Laubwerk geschützt und konnten in Ruhe auf einen günstigen Wind warten. Joe baute seine zusammenklappbare Küche auf und stellte die ausgefallensten Speisen zusammen.

»Wir sind schöne Helden«, sagte Fergusson, »eine trockene Kehle schafft es schon, uns um den Verstand zu bringen.«

»Manchmal ist eben ein bißchen Wasser dem Menschen nötiger als ein bißchen Verstand«, antwortete Joe.

Der Diener war richtig aufgedreht, er hatte in der Oase das Land seiner Träume gefunden. Nur Kennedy zeigte nicht die beste Laune: zu seinem Begriff von Komfort gehörten jagbare Tiere.

In der zweiten Nacht hielt Fergusson es für ratsam, Warnfeuer anzuzünden und Wache zu halten.

»Glauben Sie, daß wir hier Besuch bekommen?« fragte Joe.

»Es kann gut sein«, antwortete Fergusson, »und wahrscheinlich gefällt es dir ganz und gar nicht.«

»Warum, denken Sie etwa an die Njam-Njam?«

»Ja. Menschen im gleichen Klima haben auch die gleichen Eßgewohnheiten.«

Aber die Nacht verlief ruhig, und wieder kündigte der Morgen einen klaren und heißen Tag an. Kein Windhauch regte sich, der Ballon stand vollkommen bewegungslos über der Gondel. Wenn sich die Wartezeit jetzt in die Länge zog, stand ihnen der sichere Hungertod bevor. Allerdings war das Barometer beträchtlich gefallen, so daß der Doktor alles für den Start vorbereiten ließ. Alle Kanister wurden mit Wasser gefüllt.

Dadurch bekam die Gondel aber so viel Übergewicht, daß Joe wiederum Teile seines Goldvermögens opfern mußte.

Der Diener machte ein langes Gesicht, als der Doktor ihm die Alternative stellte: Wasser oder Gold.

»Wenn nun ein Afrikaforscher hierherkommt und die Erzbrocken findet?« fragte Joe. »Der Mann muß doch glauben, er sei verrückt geworden.«

»Keine Angst, Joe. Er wird wahrscheinlich eine Doktorarbeit über Goldquarzvorkommen in den afrikanischen Sandwüsten verfassen«, antwortete Fergusson. Und die Aussicht, als subalterner Angestellter einen hochdotierten Wissenschaftler an der Nase herumführen zu können, half Joe etwas, den Schwund seines Vermögens zu verwinden.

Dr. Fergusson hoffte den ganzen Tag auf Wetteränderung. Aber die Temperatur stieg nur noch stärker an, das Thermometer zeigte außerhalb der Oase schließlich auf 65°, die größte Hitze, die man bis dahin zu spüren bekommen hatte. Ohne Schatten wäre sie nicht zu ertragen gewesen. Um 21 Uhr begann wie gewöhnlich die Wache des Doktors. Kurz nachdem Joe um 3 Uhr morgens die Wache übernommen hatte, kühlte die Luft plötzlich ab, Wolken zogen auf und verdeckten den Sternhimmel.

»Auf, auf«, schrie Joe erregt, »ich rieche Wind!«

Die beiden anderen waren augenblicklich wach.

»Na endlich«, sagte Fergusson, »nichts wie rein! Wir müssen uns sehr beeilen, denn wahrscheinlich bleibt es nicht bei dem Wind – es kommt ein Sturm.«

Er hatte kaum ausgesprochen, da merkten sie schon, daß es bereits höchste Zeit war. Der Ballon bog sich unter dem Winddruck zur Seite, wurde abgetrieben und schleifte die Gondel über den Sand. Wenn nur eine Kleinigkeit Ballast aus der Gondel gefallen wäre, hätten die Reisenden ihrem Ballon auf immer Adieu sagen können. So konnte Joe den Korb gerade noch einholen und festhalten, während der Sturm am Ballon rüttelte. Sie schwangen sich hinein, der Doktor heizte unverzüglich das Gas an und schleuderte alles unnütze Gewicht über Bord. Sofort hob sich die *Victoria* bis auf 70 m über die windgepeitschten Bäume und wurde abgetrieben.

Die drei freuten sich wie die Kinder, als die Wüste so schnell unter ihnen vorbeizog. Gegen 10 Uhr morgens entdeckten sie die ersten schüchternen Anzeichen von Vegetation; Grä-

ser zitterten über dem Sand, und zwischen Kieseln kamen grüne Keime hervor. Am westlichen Horizont zeichnete sich eine Hügelkette ab, deren Konturen der Dunst milderte. Eine Stunde später schwebte der Ballon schon über belebterem Land, größere Bäume traten vor dem grauen Himmel hervor. Ein Ring von Hügeln öffnete sich und gab einen See frei. Zahlreiche Täler mündeten in dieses natürliche Amphitheater. Den Boden sah man jetzt kaum noch zwischen den Bäumen durchschimmern, diesem grünen Teppich aus Ölpalmen mit ihren 5 m langen Blättern auf den dornigen Stengeln, Bombax-Bäumen, Melonen, Stinkbäumen, auf denen die sudanesischen Nüsse reifen, den Kendas, Affenbrotbäumen und Bananensträuchern.

Im mannshohen, dichten Gras sah man wilde Ochsen, und in den Wäldern hatten riesige Elefanten wie ein Windbruch ihre Spuren hinterlassen. Unterhalb der nördlichen Hügelabhänge sammelten sich Bäche und kleine Wasserfälle in Tümpeln, man sah Flußpferde sich im seichten Wasser suhlen, und am Ufer lagen 4 m lange, fischähnliche Seesäuger, die ihre prallen Euter von der Sonne bescheinen ließen. Der Landstrich erschien den Reisenden wie ein riesiger Zoo.

»Unter uns liegt das Königreich Adamova«, dozierte Dr. Fergusson, der alle gute Laune wiedergefunden hatte, »bis hierher ist der Hamburger Forscher Barth vorgedrungen. Wir haben also die Verbindung zwischen seinen Forschungen und denen von Speke und Burton hergestellt.«

»Und wie groß ist der Abstand zwischen diesen beiden Expeditionen?« fragte Kennedy.

»25 Längengrade, also etwa 2700 Kilometer.«

»Ist das nicht etwas viel für forschende Fußgänger?« erkundigte sich Kennedy.

»Livingstone und Moffat stoßen ununterbrochen ins Landesinnere vor, und es wird nicht mehr lange dauern, dann ist das unermeßliche Afrika vermessen.«

Nach weiteren zwölf Stunden Fahrt überquerte der Ballon die Grenzen Nigritiens, und die Reisenden sahen die ersten Bewohner, Chouas-Araber, die mit ihren Herden umherzogen. Am Horizont zeichneten sich die Atlantika-Berge ab, die Mondberge Westafrikas, mit einer geschätzten Höhe von 2500 m. Hier war die Wasserscheide, von den West-

hängen flossen alle Wasserläufe in Richtung Golf von Guinea.
Bald näherte man sich dem Lauf des Benue, einem der Hauptzuflüsse des Niger. Fergusson war der Ansicht, daß dieser Benue in einiger Zeit zu den wichtigsten Verkehrsverbindungen ins Innere des Sudan gehören werde. In Sichtweite des schroffen Mendif-Berges, 70 Kilometer vor der Stadt Yola, ankerte die *Victoria* an einem Baum. In der Nacht zerrte der Wind am Ballon und drückte ihn zeitweilig in die Waagrechte, so daß der Doktor oftmals drauf und dran war, das Haltetau zu kappen. Aber bis zum Morgen war der Wind so linde geworden, daß er den Ballon nur noch mit mäßiger Geschwindigkeit nach Norden trieb.
Kennedy und Joe wollten sich unbedingt mit frischem Fleisch versorgen, der Doktor drängte aber auf Weiterreise, nachdem die Schwarzen wieder einige Male auf den Ballon geschossen hatten. Zwischen Viehweiden erstreckten sich bisweilen Dörfer mit bienenkorbartigen Hütten, die im Schutz von Palisaden standen, und Kennedy fühlte sich an die Hügel der Highlands erinnert. Allen Bemühungen zum Trotz trieb die *Victoria* weiterhin nach Nordosten statt nach Osten und hielt geradewegs auf das Mendif-Gebirge zu, das die Einzugsgebiete des Niger und des Tschad-Sees trennt. Fergusson mußte den Ballon bis auf 2700 m klettern lassen, Dörfer und Felder verschwanden unter der Gondel. Die Temperatur nahm in dieser Höhe rapide ab, die Reisenden mußten sich in Decken hüllen. Deutlich konnten sie die abgrundtiefen erloschenen Krater des Mendif erkennen. Seine Abhänge waren so dick mit Vogelmist bedeckt, daß man die Landwirtschaft des Vereinigten Königreiches auf Jahre hinaus mit Dünger hätte versorgen können.
Nach dem Abstieg landete die *Victoria* schließlich auf einer Lichtung. Kennedy packte seine Flinte und kehrte nach einiger Zeit mit einem halben Dutzend Wildenten und anderen Vögeln zurück, die Bekassinen ähnelten. Der Erfolg der Reise schien Dr. Fergusson nun so gut wie sicher. Am nächsten Morgen führte sie der Wind weiter nach Norden, und gegen 9 Uhr morgens sahen sie die zwischen Bergen eingebettete Stadt Mosfeia. Ringsum war die Stadt von Anhöhen und Sümpfen geschützt, eine schmale Straße bildete den ein-

Der Scheich forderte die Ballonfahrer mit unverständlichen Worten, aber unmißverständlichen Gesten zum Abzug auf.

zigen Zugang, und auf ihr zog eben ein Scheich mit großem Gefolge daher.

Als der Doktor den Ballon absteigen ließ, um den Zug aus der Nähe zu betrachten, stoben die Eingeborenen in alle Richtungen auseinander, nur der Scheich blieb im Sattel, lud seine Muskete und erwartete den Luftdrachen. Die *Victoria* schwebte schon 50 Meter über ihm, als sich der Doktor aus der Gondel beugte und den Scheich auf arabisch begrüßte. Da sprang auch der Scheich von seinem Rappen, warf sich in den Staub und ließ sich durch nichts in seiner Andacht stören.

»Alle Europäer sind hier als übernatürliche Wesen angestaunt worden«, sagte Fergusson, »auch unser Ballon wird bald einen Heiligenschein bekommen.«

»Die Demonstration der Macht und Kultur Europas wäre aber auf die Dauer wahrscheinlich wirkungsvoller, wenn wir den Schwarzen als gewöhnliche Menschen gegenüberträten«, meinte Kennedy.

»Aber wie? Selbst wenn du den Gelehrten in diesen Breiten unsere Maschine lang und breit erklärst, würden sie einen kleinen Gott darin vermuten.«

Mosfeia war hinter dem Horizont verschwunden, der Ballon schwebte über die Akazienwälder, über die Baumwoll- und Indigostauden des Landes Mandara auf den Distrikt Loggum zu, den der Doktor als Friedhof der Europäer bezeichnete, weil zahlreiche Forscher dort umgekommen waren. 130 km südlich des Tschad-Sees kreuzte der Ballon einen seiner Zuflüsse, den Schari, auf dem einige Einbäume flußabwärts trieben.

Dann tauchte Kernak auf, die Hauptstadt Loggums, und die *Victoria* senkte sich bis auf 70 m über Grund. Aus dieser Höhe ließ sich die Stadt überblicken wie ein aufgerollter Plan. Die von Häuserreihen begrenzten Straßen waren ziemlich breit. Auf einem großen Platz wurde gerade unter großem Zulauf Sklavenmarkttag abgehalten. Besonders die wegen ihrer kleinen Hände und Füße bekannten und geschätzten Mandaraninnen, eine Spezialität dieser Gegend, wurden hier zu hohen Preisen gehandelt.

Wie immer beim Anblick des Ballons schrien die Bewohner und ließen alles stehen und liegen, zumal die *Victoria* bis

auf 20 Meter heruntergekommen war. Da trat der Stadtchef aus einem Haus und schwenkte eine grüne Fahne, während die Musiker des Scheichs auf ihren Büffelhörnern bliesen, als sollten ihre Lungen platzen. Allmählich kamen auch die Einwohner wieder hervor und umringten ihren Herrscher mit einem solchen Lärm, daß alle Verständigungsversuche zwecklos wurden. Die Eingeborenen zeigten im Gegensatz zu anderen afrikanischen Stämmen mit ihrem hohen Wuchs, den geraden Stirnen und gebogenen Nasen ein geradezu stolzes Aussehen.

In der Nähe zogen sich jetzt bereits Truppen zusammen; die Reisenden schlossen aus den Gebärden, mit denen der Scheich seine sonst unverständliche Ansprache begleitete, daß man den Ballon vertreiben wolle. Aber kein Wind regte sich, der Ballon hing starr in der Luft über dem wilden Spektakel, das der Hofstaat veranstaltete, um den seltsamen Vogel zu verscheuchen.

Die drei im Ballon waren zunächst weniger von der Gefahr als von den enormen Hängebäuchen gebannt, mit denen die Beamten des Herrschers umherliefen. Der Doktor erklärte seinen Kameraden, der Bauch sei hier ein Maßstab für den Ehrgeiz, mit dem sich einer bei Hof auszeichnen wolle. Das Kabinett schrie und gestikulierte, wobei einer, der seiner Taillenweite nach hätte Premierminister sein müssen, den Takt angab, die Umstehenden fielen auch mit ein, und zehntausend Arme fuchtelten im gleichen Rhythmus in der Luft.

Inzwischen hatten sich aber auch die Soldaten in Linie aufgestellt und warteten auf das Kommando zu einer Pfeilsalve. Nur mit Mühe gelang es, die *Victoria* außer Schußweite steigen zu lassen. Da griff der Scheich zur Muskete, aber noch bevor er anlegen konnte, hatte Kennedy ihm den Schaft aus der Hand geschossen. Im Nu flohen die Schwarzen in alle Richtungen und blieben bis zum Einbruch der Dunkelheit in ihren Behausungen. In den ersten Abendstunden war kein Lichtschein zu sehen. Die *Victoria* hielt sich bewegungslos in 100 m Höhe, und die Stadt lag wie ausgestorben unter ihr.

Um Mitternacht aber flammte es plötzlich überall auf, feurige Linien durchkreuzten die Luft unter der Gondel und stiegen zu ihr empor. Ein wahnsinniges Geheul drang bis zu

den Reisenden, Schüsse krachten, in der ersten Verwirrung war Fergusson bereit, allen Ballast abzuwerfen.
Dann begriffen sie, was geschah. Tausende von Tauben mit ölgetränkten, brennenden Schwanzfedern durchkreuzten die Luft. Von Schmerz und Todesangst gepeinigt, flatterten die Vögel wild umher und drohten den Ballon in Brand zu stekken. Kennedy feuerte ziellos in den wirbelnden Schwarm. Die ersten Tauben hatten jedoch die Gondel schon erreicht, die Ballonhaut reflektierte den Feuerschein ...
Da warfen die drei in größter Eile einen großen Quarzbrokken über Bord, und der Ballon erhob sich glücklich über die Hauptmasse des Taubenschwarms. Noch stundenlang sahen sie jene Feuerspuren in der Luft, dann wurde es finster und still wie zuvor.
»Hättet ihr den Wilden solche Tricks zugetraut?«
»Ja. Auf diese Weise zünden sie gewöhnlich die Strohdächer feindlicher Siedlungen an«, antwortete der Doktor. »Nur haben sie diesmal nicht damit gerechnet, daß das Dorf dem Brand davonfliegen könnte.«

16

»Alles geht nach Wunsch«, sagte Fergusson. »Bald erreichen wir den Tschad-See. Heute ist der 12. Mai. Am 18. April sind wir gestartet, 10 Tage lang sind wir vielleicht noch unterwegs.«
»Man wird ja fett in diesem Luftsanatorium!« meinte Joe. »Ich möchte so schnell es geht wieder einen 50-km-Waldlauf machen.«
»Geht nicht, wir dürfen uns auf keinen Fall trennen«, sagte Fergusson. »Zahllose Expeditionen sind untergegangen, weil sich die Teilnehmer aus den Augen verloren haben. Ich muß zugeben, daß mir auch nie ganz wohl ist, wenn Dick mit der Flinte verschwindet.«
»Zuerst hast du mir den Mund mit Jagden wäßrig gemacht«, antwortete Kennedy, »und jetzt willst du sie mir vermiesen.«

»Schieß doch von der Gondel aus!« empfahl ihm Fergusson. »Es knallt genauso schön wie unten.«
Die *Victoria* folgte genau dem Verlauf des Schari, dessen Uferlinien unter einem Laubdach verborgen lagen. Schlingpflanzen und Lianen schimmerten bunt zwischen dem Grün der Bäume hervor. Krokodile dösten am Ufer in der Sonne, ab und zu tauchte eines unter Wasser und kam an einer der vielen bewachsenen Inseln, die aus der Mitte des Flusses ragten, wieder hoch.
Gegen 9 Uhr sahen die Reisenden das Ufer des Tschad-Sees vor sich. Dies war also das afrikanische Pendant zum Kaspischen Meer, dessen Existenz so lange bestritten worden war, bis Barth und Denham es gesehen hatten. Dr. Fergusson versuchte vergeblich, die Umrisse des Sees mit seiner Karte zu vergleichen. Die Seeufer sind ständig in Bewegung, Schlammzonen, in denen nur Schilf und Papyrus gedeihen, sinken plötzlich ab und vergrößern die Seefläche. Auf diese Weise ist im Jahr 1856 die Stadt Ngornu versunken, und wo früher die Bordus vor ihren Hütten saßen, planschen heute Flußpferde und Alligatoren.
Das Wasser spiegelte das Sonnenlicht so intensiv, daß der See im Norden mit dem hellglühenden Himmel zu verschmelzen schien. Die *Victoria* senkte sich bis knapp 2 m über die Seefläche. Dr. Fergusson ließ eine Flasche vollaufen und untersuchte das Wasser. Es war ungenießbar und schmeckte nach Natron – nicht salzig, wie man früher geglaubt hatte.
Kennedy hatte inzwischen seine Flinte auf ein Flußpferd abgefeuert. Es muckte bei dem Knall aber nur kurz auf. Das Spitzgeschoß schien es bloß gekitzelt zu haben.
»Wie gern hätte ich von diesem Fleisch probiert!« seufzte Joe. »Da fährt man durch ganz Afrika, und was wird gegessen? Die gleichen Rebhühner und Bekassinen wie in England.«
Der Ballon geriet über dem See in einen Luftstrom, der ihn zunächst nach Westen einige Kilometer ins Land hinein führte. Bald lag Kuka, die Hauptstadt der Bornus, unter den Reisenden wie ein Haufen von Würfeln, über die sich die schmucklosen Kuppeln von Moscheen erhoben. Rings um die zweigeteilte Stadt zog sich eine Mauer aus Ton; ein brei-

ter Boulevard trennte eine vornehme Wohngegend mit hohen, luftigen Häusern vom Armenviertel mit seinen niedrigen, kegelförmigen Hütten, in denen die Ärmsten der Armen in vorindustriellem Dämmerzustand dahinvegetierten. Kennedy fand sogleich Parallelen zu Edinburgh.
Da schlug plötzlich der Wind um und entführte die *Victoria* 70 Kilometer weit über den Tschad-See. Über vielen Inseln, auf denen die Biddiomah-Stämme, die Piraten des Tschad-Sees, leben, wurde der Ballon mit einem Pfeil- und Steinhagel empfangen.
Joe suchte unterdessen wie immer den Horizont ab.
»Herr Kennedy«, sagte er plötzlich, »dort hinten kommt ein Schwarm Vögel, die hoffentlich böse genug sind, daß der Doktor Ihnen das Schießen erlaubt.«
»Diesmal habe ich wirklich nichts dagegen«, antwortete Fergusson, der inzwischen durchs Glas geschaut hatte, »aber noch lieber wäre es mir, wir hätten die Biester gar nicht zu Gesicht bekommen.«
»Haben Sie etwa vor diesen Hühnern Angst?« fragte Joe erstaunt.
»Diese Hühner sind leider Lämmergeier, und zwar in Großausführung«, antwortete Fergusson.
Zehn Minuten später war das krächzende Geschrei der Vögel, die sich bis auf Schußweite genähert hatten, deutlich zu hören. Die fliegende Konkurrenz schien sie eher zu reizen, als zu erschrecken. Es waren 14 Lämmergeier, die den Ballon in immer enger werdenden Kreisen umflogen, rasend schnell, mit plötzlich sich ändernder Flugrichtung.
Fergusson ließ den Ballon steigen, aber die Lämmergeier stiegen mit.
»Man könnte fast glauben, die hätten es auf uns abgesehen«, sagte Kennedy und lud seinen Karabiner durch. Die Aasvögel waren jetzt nur noch 20 m von der *Victoria* entfernt.
»Jetzt knall ich die häßlichen Vögel aber ab!« rief Kennedy.
»Bloß nicht!« antwortete Fergusson. »Du würdest sie erst recht zum Angriff reizen. Wenn sie uns von oben anfliegen, haben wir sowieso verloren. Wir sind jetzt nicht besser dran als ein einzelner Mann gegen ein Rudel Löwen.«
»Lange warte ich nicht mehr.«
»Untersteh dich, ohne meinen Befehl zu schießen!«

Fergusson und Kennedy hatten kaum begriffen, was er sagte, da sahen sie seinen Körper schon in der Luft und auf die Fluten des Tschad-Sees zustürzen. »JOE!« schrie der Doktor.

Die Vögel waren noch näher herangekommen. Man konnte deutlich sehen, wie ihre federlosen Kehlen unter der Anstrengung des Schreiens anschwollen und sich die bläulichen, knorpeligen Kammfetzen vor Angriffslust aufrichteten. Der Rumpf war fast 1 m lang, ihre weißen Schwingen leuchteten an der Unterseite in der Sonne. Den Reisenden erschienen die vor Gier rasenden Vögel wie geflügelte Haifische, die ihre Opfer umkreisen.

»Hör zu, Samuel«, sagte Kennedy. »14 Stück sind es, und 17 Kugeln können wir aus allen Waffen hintereinander abfeuern.«

»Die ersten müssen zweifellos dran glauben«, antwortete der Doktor, »aber der Rest wird sich auf den Ballon stürzen und die Hülle zerfetzen – 1000 m über Grund!«

In diesem Augenblick löste sich ein Geier aus dem Schwarm und stürzte sich mit aufgerissenem Schnabel und gespreizten Fängen auf den Ballon. Noch ehe der Doktor »Feuer« gerufen hatte, verschwand der Vogel, getroffen, unter der Gondel. Vom Knall erschreckt, fuhr der Schwarm auseinander, aber gleich darauf flatterte der ganze Haufen kreischend auf die *Victoria* los. Kennedy und Joe schossen, zwei Geier taumelten, an Hals und Flügel getroffen, durch die Luft, aber die anderen erhoben sich plötzlich und verschwanden über dem Ballon.

Kennedy und der Doktor sahen sich stumm an, Fergusson war blaß geworden. Da hörten sie auch schon das durchdringende Geräusch von zerreißender Seide; die Gondel fing an zu schaukeln.

»Aus«, sagte Fergusson, als er das jäh ansteigende Barometer sah. »Ballast raus!«

Blitzschnell waren alle Quarzstücke aus der Gondel geworfen. Die *Victoria* sank weiter.

»Joe, wirf die Wasserkanister über Bord!« schrie der Doktor.

Wie eine anschwellende Sturmflut schien die Seeoberfläche auf ihn zuzukommen, keine 70 m war die Gondel mehr über dem See. Da flogen auf Befehl des Doktors auch noch die Lebensmittel hinaus. Für einen Moment stabilisierte sich der Fall, aber dann sank die *Victoria* unaufhaltsam tiefer.

»Alles raus!« schrie der Doktor verzweifelt.

»Nichts mehr da!« antwortete Kennedy.
»Doch«, sagte Joe ruhig, schwang sich über den Rand und verschwand. Dr. Fergusson schrie vor Entsetzen, als er den stürzenden Körper verfolgte. Langsam gewann die *Victoria* wieder Höhe und stieg bis auf 100 m. Rasch fuhr der Wind in die erschlaffte Hülle und trieb den Ballon nach Norden.

17

Kennedy und der Doktor hielten verzweifelt nach Joe Ausschau, aber der Ballon war schon viel zu weit abgetrieben. Nach einer Fahrt von 100 km landeten die beiden schließlich an einem verlassenen Teil des Seeufers und ließen den Anker in einen Baum hinab.
Ihr Landeplatz lag günstig – ein schmales Stück Boden inmitten eines unabsehbaren Sumpfes mit einem Schilfgürtel von der Höhe europäischer Wälder. Nur zum See hin war der Platz offen. Weder Fergusson noch Kennedy konnten an diesem Abend einschlafen, und am nächsten Tag vermieden sie zuerst, Joes Namen zu erwähnen. Kennedy brach schließlich den Bann:
»Vielleicht ist ihm gar nichts passiert. Er kann jedenfalls schwimmen wie kein anderer, und wenn wir uns in der Nähe halten, wird er uns sicher wiederfinden.«
»Gott gebe, daß du recht behältst«, antwortete Fergusson. »Aber wir müssen zuerst mal die nutzlose äußere Ballonhülle abziehen; das erleichtert die *Victoria* um 325 kg.«
Stück für Stück mußten sie vom Taft abreißen und unter den Maschen des Netzes hervorzerren. Allmählich wurde der innere Ballon frei. Die *Victoria* war um ein Fünftel kleiner geworden.
»Paßt Joe denn überhaupt noch mit hinein?« fragte Kennedy.
»Werden wir gleich sehen. Ich muß das berechnen.«
»Ich hatte übrigens den Eindruck, daß er dicht neben einer Insel in den Tschad-See gesprungen ist«, sagte Kennedy.
»Das wird ihm wenig helfen«, antwortete der Doktor. »Auf diesen Inseln wohnen doch überall Piraten.«

»Wie ich Joe kenne, kommt er da schon durch!«
Kennedy ging auf Jagd, um den dezimierten Lebensmittelbestand wieder aufzufüllen, und Fergusson machte sich an seine Gewichtsberechnungen. Der innere Ballon besaß 450 kg weniger Auftriebskraft als vorher, bei einem Volumen von 2460 m³ enthielt er 1770 m³ Wasserstoffgas, das etwa 1500 kg heben konnte. Gondel, Aggregat, Wasservorrat, Lebensmittel und die Reisenden selbst wogen zusammen 1415 kg, somit blieb ein Rest von 85 kg, der mit Ballast aufzufüllen war. Joes Gewicht wurde einstweilen durch weiteren Ballast ersetzt.
Kennedy kehrte gegen Abend mit einem Sack voll Gänsen, Wildenten, Knäkenten, Bekassinen und Regenpfeifern zurück, die er alle genüßlich ausnahm und über einem Feuer räucherte.
»Joe muß unbedingt auf irgendeine Weise erfahren, wo wir sind«, sagte der Doktor am nächsten Morgen.
»Sollen wir ihm vielleicht schreiben?« fragte Kennedy.
»Wir steigen sofort auf. Der Wind steht günstig, wir müssen nur zusehen, daß wir uns den ganzen Tag über der Seefläche halten können. Joe wird uns vor allem oben in der Luft suchen. Vielleicht kann er sich sogar bemerkbar machen.«
»Vorausgesetzt, er ist noch allein.«
»Auch wenn man ihn erwischt hat, wird er uns sehen. Die Eingeborenen haben zum Glück noch keine verschlossenen Arrestzellen.«
»Falls er uns aber dennoch kein Zeichen gibt?«
»Dann werden wir so lange am Nordende des Sees suchen, bis wir eine Spur am Ufer finden, wo er ans Land gestiegen sein könnte.«
»Also los!« rief Kennedy.
Fergusson bestimmte genauestens die Lage der kleinen Insel, dann machten sie die *Victoria* los. Der Ballon erhob sich zögernd, drehte sich um sich selbst, aber dann wurde er in 70 m Höhe mit einer Geschwindigkeit von 30 km/h über den See getrieben. Fergusson wechselte ständig die Flughöhe, und Kennedy feuerte seinen Karabiner ab. Schwebten sie über einer Insel, ließen sie den Ballon so tief sinken, daß sie fast hinter jeden Busch sehen konnten. Manchmal flog der

Ballon so dicht über den Einbäumen der Schwarzen dahin, daß sich die Fischer vor Angst ins Wasser stürzten und ans nächste Ufer schwammen.

»Immer noch nichts!«

»Abwarten; wir sind nicht mehr weit von der Unfallstelle.«

Fast 150 km hatte die *Victoria* bis 9 Uhr zurückgelegt. Auf einmal wechselte der Wind und führte den Ballon im rechten Winkel zum bisherigen Kurs nach Osten. Als sie über die Insel Farram kamen, auf der sich das Hauptquartier der Biddiomahs befand, untersuchten sie den Boden besonders aufmerksam. Hätte sich Joe irgendwo blicken lassen, wäre er im Nu aufgenommen worden. Und für den Fall, daß er gefangen war, hätte man ihn wie den Pfarrer entführen können.

Um 14.30 Uhr erreichte der Ballon bei dem Dorf Tangalia das Ostufer des Sees. Fergusson glaubte schon, er müsse landen, um nicht wieder in die zentralafrikanische Wüste verschlagen zu werden, aber in 300 m Höhe fand er schließlich einen Luftstrom, der ihn nach Nordwesten über den See zurückführte. Wenn Joe auf einer der Inseln gewesen wäre, hätten sie ihn bemerken müssen. Dr. Fergusson vermutete, man habe ihn an Land geschleppt. Aber zugleich erinnerten sich beide an eine Grundweisheit jedes Biologieunterrichts: »Das Krokodil kommt hauptsächlich im Tschad-See vor.«

Der Doktor spielte auf den schrecklichen Verdacht an, als er schließlich sagte:

»Es gibt hier zwar Krokodile, aber nur an den Ufern, außerdem sind sie lange nicht so gefährlich, wie man immer denkt. Die Schwarzen zum Beispiel baden seelenruhig neben ihnen.«

Kennedy zweifelte allerdings an Fergussons Trost, aber er schwieg. Gegen 17 Uhr überquerte der Ballon die Stadt Lari, deren Bewohner vor ihren Schilfhütten in umzäunten Baumwollfeldern arbeiteten. Dr. Fergusson fürchtete abermals, über Land getrieben zu werden, da geriet die *Victoria* in eine Windströmung, der die Reisenden bis zu der Landzunge folgen konnten, von der sie am Morgen aufgestiegen waren. Der ausgeworfene Anker glitt von dem Baum ab, der ihn halten sollte, verfing sich in einem Schilfdickicht und saß nun fest im Morast.

Um drei Uhr früh begann der Wind so heftig zu werden,

daß er den Ballon in das Schilf niederdrückte. Der Doktor drängte auf sofortigen Abflug.
»Und was wird aus Joe?« fragte Kennedy.
»Keine Angst, wir lassen ihn nicht im Stich, und wenn wir bis über die Wüste abgetrieben werden. Aber hier unten hat keiner von uns mehr eine Chance.«
Kennedy machte sich niedergeschlagen an die Startvorbereitungen. Zu allem Übel hatte sich der Anker unter dem Zug des Ballons so tief im Schilfdickicht verhakt, daß der Schotte ihn nicht herausreißen konnte. Der Ballon zerrte mit aller Macht am Halteseil, es war keine Zeit mehr zu verlieren, Kennedy stieg auf Geheiß des Doktors in die Gondel und hieb die Leine durch. Die *Victoria* schnellte mit einem Satz 100 m in die Höhe und wurde vom Sturm in nördlicher Richtung mit fortgerissen, ohne daß die Ballonfahrer gegen den falschen Kurs etwas unternehmen konnten.

18

Der Ballon war jetzt nicht mehr anzuhalten oder gar zurück zum Tschad zu lenken. Man hätte bei dem Sturm nicht einmal mehr landen können. Mit gleichbleibendem Tempo trieb die *Victoria* über das Tibbu-Land, die dornige Wüste Belad el Dscherid am Rand des Sudans und schließlich hinein in die unabsehbare Sandwüste. Der letzte Grüngürtel verschwand am südlichen Horizont, und bald zog ein Karawanenlager der Araber unter den Reisenden vorbei. Kamele streckten ihren Kopf in den Sand, der gestreifte Stoff der Zelte hob sich vom Grau der Wüste ab. Die *Victoria* befand sich nach kurzer Zeit bereits 100 km tief in der Wüste.
»Wenn es so weitergeht und -weht, fliegen wir noch über die Sahara hinaus!« rief der Doktor verzweifelt.
In diesem Augenblick erhob sich vor ihnen eine Staubwolke, in deren Kern ein Wirbelsturm Massen von Sand in die Luft riß. Und mitten in diesem Tornado, vom Sturm zu Boden geschmettert und vom Sand überschüttet, versank eine ganze Karawane. Kamele brüllten in ihrer Todesangst, verzwei-

feltes Schreien drang vereinzelt durch den stickigen Nebel, da und dort leuchteten bunte Gewänder aus den Sandwirbeln auf, die sich auftürmten und herabsenkten. Wo eben noch platte Ebene war, reckte sich jetzt ein wandernder Hügel empor, das ungeheure Grab der untergegangenen Karawane. Fergusson und Kennedy starrten viel zu gebannt auf das grausige Schauspiel, als daß sie an ihre eigene Gefahr gedacht hätten. Zu Manövern war es sowieso zu spät, der Ballon wurde jetzt in den Strudel hineingezogen und drehte sich mit rasender Schnelligkeit, so daß die Gondel wie in einem Karussell herumgeschleudert wurde. Instrumente klirrten, die Rohrverbindungen verbogen sich, Kanister fielen scheppernd von einer Ecke in die andere, und die Reisenden konnten sich nur noch mit aller Kraft am Tauwerk festhalten. Kennedy war bleich geworden, aber der Doktor blieb ruhig und gefaßt. Schließlich hatte der Ballon den Rand des Wirbels erreicht, der Sturm jagte ihn davon, diesmal in südlicher Richtung.
Die ganze Wüste schien in Bewegung geraten zu sein, Sandwogen rollten übereinander her. Der Ballon flog offensichtlich nicht auf demselben Weg zum See zurück, den er am Morgen genommen hatte.
»Wenigstens stimmt die Richtung«, sagte der Doktor. »Notfalls können wir in den Städten Wuddie oder Kuka landen.«
Der Sandsturm legte sich nur allmählich, und die Staubwolken lösten sich auf. Kennedy suchte mit dem Glas den Horizont ab, um auch nicht den kleinsten Anhaltspunkt zu übersehen.
Plötzlich packte er Fergusson:
»Vorne am Horizont scheint sich etwas zu bewegen, eine riesige Staubwolke wälzt sich da voran. Wenn mich nicht alles täuscht, ist es eine Tierherde.«
»Genausogut kann es auch ein neuer Sandsturm sein, der uns wieder nach Norden jagt«, antwortete der Doktor und schaute durchs Glas.
»Bis dahin sind's noch mindestens 10–15 km. Genaues kann ich jedenfalls nicht sehen.«
»Mir kommt das spanisch vor; eine wilde Tierherde läuft doch nicht in Formation! Das müssen Reiter sein.«
»Tatsächlich! Ein Trupp Araber, der genau vor uns herrei-

tet. Warte noch eine halbe Stunde, dann haben wir sie eingeholt.«
Kennedy spähte wieder durch das Glas. Der Trupp hob sich nun deutlich ab, ein Flügel schien auszuschwenken.
»Entweder machen sie eine Geländeübung, oder sie jagen«, sagte der Schotte. »Ich möchte bloß wissen, was da los ist.«
»Nur noch ein bißchen Geduld, gleich sind wir über ihnen. Mit unserem Tempo hält kein Pferd mit.«
Einige Minuten später meldete Kennedy:
»Jetzt seh ich es ganz deutlich. Etwa 50 Araber jagen mit fliegendem Burnus hinter ihrem Anführer her. Na ja, bessere Formalausbildung.«
»Wenn es darauf ankommt, gehen wir höher. Aber sag mal: für eine Übung schinden die ihre Pferde ganz schön. Das kann kein Manöver sein! Und der einzelne Reiter vor der Abteilung ist auch nicht der Anführer, sondern ein Flüchtling!« Inzwischen hatte sich die Distanz zu den Reitern weiter verringert.
»Samuel, ich seh wohl nicht recht.«
»Red schon, was ist los?«
»Das ist ja *er*! Keine hundert Schritt mehr, wie ein Hase vor den Hunden!«
Fergusson nahm das Glas.
»Tatsächlich, Joe, der Ärmste!«
»Wenn er uns wenigstens sehen oder hören könnte. Ach was, ich feuere einfach den Karabiner ab!«
»Das hat keinen Sinn, Joe kann nicht in unsere Richtung umkehren, die Araber haben ihm den Rückzug abgeschnitten. Aber wenn wir so weitersinken, sind wir in einer Viertelstunde mit der Gondel dicht über dem Boden. Auf jeden Fall müssen wir die Araber überholen. Wenn Joes Pferd die nächsten 3 km noch durchhält, dann haben wir ihn.«
»Verdammt!« rief Kennedy.
Joes Pferd war zusammengebrochen, und sein Reiter flog in hohem Bogen in den Sand.
»Jetzt hat er uns entdeckt!« rief Fergusson. »Er winkt!«
»Was nützt das, gleich haben sie ihn ... um Himmels willen, warum bleibt Joe stehen ...?«
Joe hatte sich blitzschnell wieder aufgerichtet und erwartete

seine Verfolger. Dem Pferd des vordersten Reiters wich er geschickt aus, warf sich aber mit einem gewaltigen Sprung hinter den Araber in den Sattel, packte den Reiter am Hals, erwürgte ihn mit bloßen Händen und stieß ihn vom Pferd. Der übrige Trupp preschte unter Wutgeschrei heran, aber Joe schlug das Pferd mit der nackten Hand.
Immer noch hatte keiner der Reiter die *Victoria* entdeckt, die in 10 m Höhe nur noch 500 Schritt hinter ihnen war. Die Masse der Verfolger kam nicht näher als 20 Pferdelängen an Joe heran, einer aber löste sich plötzlich aus dem Haufen und jagte mit erhobener Lanze dicht hinter dem Flüchtling her, da, im letzten Augenblick, hob ihn eine Kugel von Kennedy aus dem Sattel. Joe mußte den Schuß gehört haben, galoppierte aber unbeirrt weiter. Einige Araber warfen sich beim Anblick der *Victoria* auf die Erde, aber die anderen setzten weiter hinter Joe drein.
»Wunderbar«, rief Fergusson. »Er hält sich genau in unserer Fahrtrichtung. Noch 200 Schritt, und er ist in Sicherheit.«
»Was können wir jetzt noch tun?«
»Macht es dir etwas aus, wenn du 75 kg Sand statt deiner Flinte halten mußt?«
Und der Doktor stapelte Kennedy Sandsäcke auf die Arme.
»Laß um Gottes willen nichts fallen, bevor ich das Kommando gebe. Sonst ist es aus mit Joe.«
Die Gondel hing jetzt ganz knapp über den Köpfen der Araber, die mit verhängten Zügeln weiterjagten. Fergusson stand am Rand des Korbes und hielt die zusammengerollte Leiter in den Händen. Zwischen Joe und den Reitern waren nur noch 15 m Abstand.
»Jetzt paß auf, Dick!«
»Alles klar.«
»Fertigmachen, Joe!« schrie der Doktor und schleuderte die Leiter hinunter, deren Ende im Sand schleifte. Joe schaute kurz nach hinten, ohne das Tempo zu verlangsamen, zog die Leiter zu sich heran und hielt sich daran fest. In diesem Augenblick schrie der Doktor »Los!«, der Ballast ging über Bord und Joe hing in der Luft; der Ballon stieg sofort, weil das Gewicht Joes geringer war als das der Sandsäcke, und blieb in 50 m Höhe. Die Strickleiter schwang hin und her, so daß Joe sich mit aller Gewalt daran festklammern mußte.

Im letzten Augenblick bekam Joe die schwankende Strickleiter zu fassen, zog sich daran empor und stieß sich von dem galoppierenden Pferd ab.

Trotzdem brachte er es fertig, den wütenden Arabern die unglaublichsten Grimassen zu schneiden.
Kennedy und Fergusson mußten ihn über den Rand hieven, so entkräftet war er. Er stieß nur noch die Namen seiner Kameraden hervor, dann verlor er vor Erschöpfung das Bewußtsein. Kennedy war noch immer fassungslos, nur der Doktor ging sofort in aller Ruhe daran, Joes zerschundenen Körper zu verbinden.
Bald schlug der Diener die Augen wieder auf und bat um Schnaps. Kaum hatte er ein Glas geleert, löste sich auch schon seine Zunge, alles auf einmal wollte er erzählen, aber der Doktor verordnete ihm absolute Ruhe. Die *Victoria* wurde jetzt nach Westen abgetrieben, über die Dornenwüste und vom Sturm geknickte oder entwurzelte Palmen hinweg, und gegen Abend waren die drei Reisenden mehr als 300 km von der Stelle entfernt, an der sich das Entführungsdrama abgespielt hatte.
Am anderen Morgen erhob sich ein kräftiger Wind, der aber so unstet blies, daß der Ballon zuerst nach Süden, dann wieder nach Norden und schließlich in westlicher Richtung davonflog. Die Reisenden kamen über ein welliges, bebautes Gebiet, das der Doktor auf seiner Karte als das Königreich Damerghu identifizierte. Die Hütten waren aus Schilf und Schwalbenwurzzweigen geflochten, auf den Feldern standen Kornmühlen – auf Pfählen, damit sie vor Mäusen und Termiten geschützt waren. Dahinter tauchte die Stadt Sinder auf, die wegen ihres blitzschnellen Stadthenkers berühmt ist.
Kaum war der Ballon über die Stadt hinaus, wechselte die Windrichtung von neuem.
»Dann fahren wir eben nach Timbuktu!«
»Timbuktu sehen und dann sterben!« rief Joe plötzlich unter der Zeltbahn hervor.
»Kamerad Joe ist auch schon wach. Wie fühlst du dich?«
»Wie sich ein alter Mann eben fühlt nach einer Bade- und Wanderkur.«
»Hast du in der Zwischenzeit begriffen, daß du dein Leben für uns aufs Spiel gesetzt hast?«
»Was heißt hier Leben«, antwortete der Diener. »Ich habe nur die Gelegenheit benützt, mich ein bißchen im Kunstspringen zu üben.«

»Der Doppelnelson ist dir auch fabelhaft gelungen. Aber kannst du uns jetzt vielleicht erklären, wie man in den Tschad-See springen und mitten in der Wüste auf einem Pferderücken wieder auftauchen kann?«
»Möglich ist alles, und was möglich ist, geschieht, Herr Doktor, das wissen Sie selbst. Warum soll ich es dann erzählen? Unmöglich dagegen finde ich, daß diese schöne Gans seit gestern unverdaut neben mir liegt. Mit Ihrer allergnädigsten Erlaubnis werde ich sie in den Zustand des Gebratenseins konjugieren.«
Joe grillte die Gans unverzüglich über dem Knallgasherd. Mit Tee und Grog brachte man ihn schließlich so weit, daß er seine Geschichte erzählte.

19

»Als ich nach meinem stilistisch einwandfreien Kopfsprung wieder an die Wasseroberfläche kam, blieb mir zunächst keine andere Wahl, als wieder die Augen aufzumachen. Da sah ich auch schon die *Victoria* steigen und allmählich im Norden verschwinden.
Es stand also ziemlich schlecht, aber ich hielt es immer noch für natürlich und mathematisch belegbar, daß sich einer für zwei opfern soll. Den Lämmergeiern konnte ich nicht recht böse sein, sie hatten sich so benommen, wie es sich für Lämmergeier gehört und wie man es eigentlich von diesen häßlichen Vögeln nicht anders erwartet.
Wenn man in einen See hineinkommt – wieso sollte man dann nicht mehr herauskommen? Ich entledigte mich aller Kleidung, die mich am Schwimmen hinderte, und hielt auf die nächstliegende Insel zu. Von mir aus hätte ich 10 km schwimmen können, aber schon nach anderthalb Stunden war ich ganz nah an der Insel. 200 Schwimmstöße hätte ich vielleicht noch gebraucht, um das baumbestandene Ufer zu erreichen, da stieg mir ein abscheulicher Moschusgestank in die Nase.
›Krokodile‹, dachte ich, ›sind hier auf Europäerfleisch wahrscheinlich besonders scharf.‹

Ich bin dann ganz vorsichtig weitergeschwommen und getaucht, aber schon streifte mich etwas Schuppiges. Ich wagte kaum mehr aufzutauchen. Eine Viertelstunde ging das so weiter, ich hatte entsetzliche Angst, weil ich dauernd hörte, wie hinter mir riesige Kinnladen knarrend auseinanderfuhren. Auf einmal legte sich etwas zuerst um meinen Arm und dann um meinen Bauch. Ich wollte schon das letztemal an meinen lieben Arbeitgeber denken, als ich mich wunderte, daß ich nicht in die Tiefe gezogen wurde. Ich weiß ja, daß Krokodile ihre Beute immer am Grund tranchieren. Dieses Krokodil schleppte mich an die Oberfläche. Ich machte die Augen einen Spalt breit auf und – sah zwei rabenschwarze Neger, die fürchterlich kreischten und mich um den Bauch faßten.
›Wie kann man denn neben Krokodilen baden gehen‹, dachte ich mir, ›die sind ja verrückt.‹
Wenn die Neger meinen Sprung aus der *Victoria* gesehen hatten, würden sie mich als Gott der Himmelsspringer sicher nicht allzu schlecht behandeln, hoffte ich. Wenigstens nicht gleich auffressen.
Inzwischen war das ganze Dorf auf den Beinen, alle Altersklassen, Geschlechter sah ich, aber nur eine einzige Hautfarbe, das Standardschwarz der Biddiomahs. Zuerst hatte ich Bedenken mit meinem etwas gewagten Aufzug, aber mit dem Hemdchen, das ich anhatte, war ich durchaus auf der Höhe der Lokalmode.
Der Kreis um mich wurde allmählich enger, die meisten warfen sich auf den Boden und heulten, einige besonders Fromme betasteten meinen Bauch und klopften auf mir herum. Dabei begann mein Magen zu knurren. Im Nu ging ein Bote ab zur Volksküche und kam mit einer Schale voll Dickmilch und in Honig gestoßenem Reis zurück. Ich haute ganz schön rein und zeigte diesen Laienbrüdern, was ein göttlicher Appetit ist. Allerdings wußte ich immer noch nicht, ob man mich wieder als Mondsohn verehrte: wäre nur der Ballon wiedergekommen, dann hätte ich ihnen auch gleich das größte aller Wunder inszeniert: eine echte Himmelfahrt!
Am Abend kamen die Ortszauberer, nahmen mich ganz lieb an der Hand und führten mich zu einer Hütte, um die lauter Totemfiguren standen. Neben der Tür lag ein schöner großer Knochenhaufen – aber was soll's, sagte ich mir, und ging

hinein. Vor der Hütte wurde ein Gesangsfestival abgehalten, bis spät in die Nacht übte man Chorsingen, dazu wurde getrommelt und mit altem Eisen gekleppert, Tänzer renkten ihre Knochen aus und wieder ein. Durch die Ritzen in der Schilfhütte konnte ich das alles ausgezeichnet sehen, wie vom Logenplatz im Zirkus, aber ich war hier immer noch unter Wilden, und das störte mein Amüsement. Bald war ich jedoch zu müde, um weiter Angst zu haben, und schlief ein. Bestimmt hätte ich bis gegen Mittag geschlafen, wenn es nicht mitten in der Nacht etwas feucht geworden wäre. Eine so stürmische Feuchtigkeit habt ihr noch nicht erlebt!

›Eine Überschwemmung?‹ fragte ich mich, ›oder eine von diesen berüchtigten chinesischen Todesstrafen? Jetzt aber nichts wie raus!‹

Das Wasser war mir schon bis an die Knie gestiegen, ich trat die Wand ein und ... fiel mitten in den See!

›Schlechte Gegend für Haus- und Grundbesitzer‹, dachte ich noch, bevor ich auf mein bewährtes Langstreckentempo ging.

Zufällig trieb bald ein Einbaum vor meiner Nase, ich kletterte hinein, packte die Schaufelruder, und schon wurde das Boot von einer kräftigen Strömung fortgerissen. Zu meiner Beruhigung ging es dem Nordufer zu, so gegen 2 Uhr morgens stieß der Kahn an Land. Ich sprang auf einen schilfbewachsenen Vorsprung, kletterte auf einen Baum und klemmte mich zum Schlafen in eine Astgabel.

Es dämmerte noch, als ich wieder aufwachte und mir meinen Schlafbaum etwas genauer ansah. Sie können sich meinen Schrecken kaum vorstellen: was ich in der Nacht für Früchte gehalten hatte, waren Schlangen und Chamäleons, die sich an die Zweige klammerten und das Laub unter ihren häßlichen Leibern verschwinden ließen. Unter den ersten Sonnenstrahlen begannen sie, sich zu räkeln und zu zischen, und ich fiel mehr vom Baum, als daß ich hinunterstieg.

›Das ist wieder so etwas, was mir am Stammtisch keiner glaubt‹, dachte ich betrübt.

Dann lief ich los Richtung Nordosten, Kilometer um Kilometer, wenn vor mir ein Dorf auftauchte, ging ich immer hübsch drumherum. Den ganzen Tag habe ich den Himmel abgesucht, ohne etwas zu entdecken, manchmal wurde ich

»Ich denk, ich seh nicht recht, als ich aufwache: ein Teil der Äste waren Chamäleons und Schlangen; unter diesem widerlichen Gezücht hatte ich die Nacht verbracht!«

schon ganz mutlos. Zu meiner Müdigkeit kam noch der Hunger, denn mit Wurzeln und Pflanzenmark hält man auf die Dauer keinen 50-km-Marsch durch. An Akazien, Mimosen und den Dornen der Schilfpflanzen hatte ich mir überall die Haut aufgerissen, und mit den Blutblasen an meinen Füßen konnte ich kaum noch laufen. Trotzdem: Zähne zusammen und weiter! Bald fand ich auch einen Schlafplatz am Seeufer. Kaum lag ich flach, da stürzten sich Moskitos und Fliegen auf mich, und Riesenameisen krabbelten auf mir herum. Innerhalb von zwei Stunden hatte mir das Ungeziefer die restlichen Kleider vom Leib gefressen.

In dieser schauerlichen Nacht habe ich kein Auge zugetan. Die Tiere veranstalteten ihr Nachtkonzert, Eber, Büffel und Seekühe schlichen um mich herum, in den Büschen raschelte es, und im Wasser war es auch nicht geheuer. Endlich kam der ersehnte Tag; der fing aber auch nicht besser an als der vorhergehende. Stellen Sie sich vor, was neben mir in meinem Schilfbett lag: eine dicke fette Kröte, die mich mit ihren blöden Augen anglotzte! Ich sprang rasch ins Wasser, bevor mir übel wurde, lief los, kaute ein paar Blätter und bildete mir ein, es ginge mir schon wieder besser. Aber mein Magen stülpte sich vor Hunger fast um; da ich weder Hose noch Gürtel hatte, mußte ich ihn mit einer Liane zusammenschnüren. Wenn ich allerdings an die Wüste dachte, war ich froh, daß es immerhin Wasser gab.

Wo blieb die *Victoria?* Der Wind kam aus dem Norden, sie hätte längst wieder über dem See erscheinen müssen. Um mich nicht ständig enttäuschen zu lassen, klammerte ich den Gedanken an den Ballon vorläufig aus und überlegte, ob irgendeine Stadt in erreichbarer Nähe läge. Dort konnte ich schließlich auch nicht schlechter dran sein als hier am See mit Schlangen, Kröten und Moskitos.

Plötzlich sah ich eine Gruppe Eingeborener vor mir und konnte gerade noch rechtzeitig hinter einem Gebüsch verschwinden. Die Wilden schienen mich nicht bemerkt zu haben, denn sie waren damit beschäftigt, ihre Pfeile mit Wolfsmilchsaft zu vergiften.

Lange Zeit blieb ich im Dickicht sitzen und schaute ängstlich nach allen Seiten, und auf einmal schimmerte etwas durch das Laub: die *Victoria* flog in nur 30 Meter Höhe über mich hin-

weg und trieb auf den See ... Und ich konnte in diesem Moment doch keinen Laut von mir geben, sonst hätten mich die Wilden entdeckt!
Ich habe zuerst einmal richtig geheult, Herr Doktor, jawohl: mein Herr hatte mich also nicht vergessen! Es dauerte Ewigkeiten, bis die Eingeborenen abrückten und ich ans Seeufer laufen konnte, aber schon war die *Victoria* am Horizont verschwunden. Kurze Zeit später kam sie wieder zurück, diesmal aber so weit im Osten, daß ich mir umsonst die Kehle heiser schrie. Als der Ballon abermals verschwand, war ich restlos verzweifelt. An dieser Stelle würden Sie bestimmt nicht mehr vorbeikommen, und es war zudem sehr wahrscheinlich, daß der Sturm die *Victoria* weit über die Wüste hin entführt hatte. Die Folgen für mich waren überhaupt nicht auszudenken.
Den Rest des Tages und die halbe Nacht muß ich wie besessen darauflosgelaufen sein. Irgendwann fiel ich schließlich auf die Knie und kroch auf Händen und Füßen weiter; lange konnte es nicht mehr dauern, dann würde ich mit meinen Kräften am Ende sein.
So, auf allen vieren kriechend, kam ich bis zu einer dunklen Stelle, die ich zu spät als Sumpf ausmachte, rutschte in den Schlamm und sackte ein, in Minutenschnelle stand ich bis zum Bauchnabel im Morast.
›So sieht also der Tod aus‹, dachte ich, ›na schön.‹
Ich strampelte mit Armen und Beinen, um aus dem zähen Brei wieder herauszukommen, mit dem Effekt, daß der Platz für mein Grab allmählich größer wurde. Wenn ich wenigstens noch ein Schilfrohr oder ein Stück Holz erwischt hätte – aber meine Hände griffen ins Leere. Da wußte ich, daß alles aus war, das Ende mußte in wenigen Minuten kommen, ich machte die Augen zu und schrie in wilder Verzweiflung um Hilfe.
Ich war wirklich überzeugt, es wäre endgültig aus, ich habe mir noch einmal Ihre Gesichter vorgestellt, und plötzlich, weiß der Himmel wie, kam ich ein kleines Stück frei, man kann sich ja nicht so einfach vom Sumpf verschlucken lassen als *homo sapiens*.
Auf einmal sah ich etwas Helles vor mir.
Es war ein Tauende, das noch nicht lange abgeschnitten sein

konnte. Mit letzter Kraft schob ich mich durch den Schlamm und bekam das Tauende zu fassen, zog daran, fühlte Widerstand, es hielt. Ich hangelte mich daran entlang und hatte bald Boden unter den Füßen. Wissen Sie, was am anderen Ende des Taues hing? Der Anker der *Victoria!* Hier hatten Sie also haltgemacht, und an der Richtung, in die das Tau zeigte, erkannte ich auch, wohin Sie geflogen waren.
In diese Richtung marschierte ich los, die halbe Nacht hindurch, und schließlich kam ich am Saum eines unabsehbar großen Waldes an eine Pferdekoppel. Es gibt Augenblicke im Leben eines Menschen, da kann er sogar reiten. Ohne lange zu fackeln, rutschte ich einem der Vierfüßler auf den Buckel und preschte davon – Richtung Norden. Von den Städten, die ich nicht gesehen, und den Dörfern, um die ich herumgeritten bin, brauche ich wohl nichts zu sagen; ich jagte über Felder, durchbrach Gebüsch, setzte über Zäune hinweg und trat dem Gaul in die Weichen.
Plötzlich hörte die Kultur auf, die Wüste begann, das war mir diesmal sogar lieber, weil ich dort einen viel besseren Überblick hatte. Ich schaute immer wieder nach oben, ob da nicht die *Victoria* herumflanierte, und als ich nach ein paar Stunden wieder einmal auf die Erde blickte, war ich schon fast mitten in einem Araberlager. Herr Kennedy, Sie sind ein großer Jäger, aber Sie wissen dennoch nicht, was eine Jagd ist, weil man Sie noch nie über das Gelände gescheucht hat. Sie haben gesehen, wie dann mein Pferd zusammenbrach, wie die Burschen dicht hinter mir waren, wie ich in meiner Angst vielleicht ein bißchen zu fest zugedrückt habe, als ich dem armen Araber in den Rücken sprang. Dann – na, das wissen Sie ja selbst, wie Sie am Korbrand standen, mit den Sandsäcken auf dem Arm wie ein schüchterner Taufpate. Sie müssen doch zugeben, alles hat sich völlig natürlich, einfach und logisch abgespielt. Wenn es darauf ankäme, würde ich es noch einmal machen. Man muß sich nur anpassen können und alles nehmen, wie es kommt.«

»Hier verlief die Marschroute Barths«, sagte der Doktor, »in Tagelel trennte er sich von den Begleitern Richardson und Overweg.«
»Wir fliegen ja schon wieder nach Norden«, sagte Kennedy. »Ich glaube, du willst unbedingt bis Tripolis.«
»Vorher mache ich schon noch eine Pause. Zum Beispiel in Timbuktu.«
»Wenn ich nicht wenigstens Timbuktu gesehen habe, muß ich mich als Afrikafahrer schämen«, meinte Joe.
»Also gut: Direktflug nach Timbuktu.«
»Wir müssen allerdings zwischen dem 17. und 18. Breitengrad auf eine Luftströmung warten, die uns nach Westen trägt.«
»Wie weit ist es noch bis dorthin?«
»Rund 250 km.«
»Bis dahin gehe ich hier am Gondelboden auf Horchposten«, sagte Kennedy. »Wünsche wohl zu fliegen, meine Herren.«
Stunden später wurde die *Victoria* mit großer Geschwindigkeit über kahle Granitrücken hinweggeführt, einzelne schroffe Spitzen ragten bis zu 1300 m hoch. Dann kamen Wälder mit Akazien, Mimosen, Suahs und Dattelpalmen; Giraffen, Antilopen und Strauße ergriffen beim Nahen des Ballons die Flucht. Nach der Eintönigkeit der Wüste erschien hier die Vegetation um so lebhafter. Das war das Land der Kailuas, ein Nachbarstamm der Tuaregs. Alle Bewohner dieser Breiten verdecken ihr Gesicht mit Baumwolltüchern.
Der Wind, der die drei Reisenden 400 km weit getrieben hatte, legte sich gegen 22 Uhr. Der Ballon schwebte jetzt langsam über eine Stadt dahin, deren Ruinen und Minaretts im Mondlicht zu erkennen waren. Nach dem Sternstand mußte das Agades sein, ein früher wichtiges Handelszentrum, aber schon zu der Zeit von Barths Forschungen großenteils verlassen und zerstört. Die *Victoria* landete 3 km weiter auf einem Hirsefeld. Ein rasches Abendessen, eine ruhige Nacht: schon um 5 Uhr früh kam neuer Wind auf, der Doktor ließ die *Victoria* sofort wieder steigen.
Bald breitete sich wieder die Wüste unter den Reisenden

aus. Den ganzen Tag über flog der Ballon in gerader Richtung nach Südwesten, sein Schatten beschrieb eine exakte Gerade auf der platten Sandfläche. Nach Süden hin fiel das Plateau allmählich ab, zeigte aber immer noch die gleiche dürre Gestalt.

An Landen war abends nicht zu denken, es wimmelte in dieser Gegend von auelimminianischen Tuaregs. Der Doktor hatte vorsorglich die Kanister gefüllt, außerdem waren noch die Bekassinen übrig, die Joe täglich mit Liebe zubereitete, man konnte also ohne Sorge in der Luft bleiben. Bei günstigem Wind und Mondlicht trieb der Ballon ruhig durch die Nacht, nachdem er auf 150 m gestiegen war. Der Luftstrom änderte sich allerdings noch während der Nacht, und am Morgen war die *Victoria* auf Kurs Nordwest.

Bald nach Tagesanbruch begegneten den Reisenden ein paar Raben, und in der Ferne zogen Geier vorbei, die dem Doktor erneut einen heftigen Schrecken einjagten.

»Wo wären wir wohl jetzt, wenn Sie der *Victoria* keinen Unterrock angezogen hätten?« fragte Joe. »Der zweite Ballon ist tatsächlich unser Rettungsboot gewesen.«

»Eine *Victoria* ohne Unterrock ist ganz unvorstellbar«, sagte Fergusson. »Leider hat das Rettungsboot nicht all die guten Eigenschaften seines Mutterschiffs übernommen.«

»Was soll das heißen?« fragte Kennedy.

»Die kleine *Victoria* zeigt Degenerationserscheinungen. Entweder ist der Taft beschädigt, oder der Gummiüberzug ist unter der Gashitze porös geworden, jedenfalls leckt der Ballon. Ich muß das Knallgasgebläse immer stärker aufdrehen, um den Ballon in der Luft zu halten.«

»Verflucht«, sagte der Schotte, »und wir haben nicht einmal Klebstoff dabei.«

»Wir müssen eben ab jetzt auch nachts fliegen, um Zeit zu gewinnen.«

»Wie weit ist's denn noch bis zur Küste?« fragte Joe.

»Küste ist gut«, antwortete der Doktor. »Hier gibt's viele Küsten. Ich kann dir nur die Entfernung bis Timbuktu sagen: noch 650 km.«

»Und wie lange brauchen wir bis dorthin?«

»Wenn der Wind so bleibt, bis übermorgen abend.«

In diesem Augenblick überholte die *Victoria* eine Kara-

wane mit 150 Kamelen. Jedem Tier hatte man einen Sack unter den Schwanz gehängt, damit kein Gramm Kamelmist, die Kohle der Wüste, verlorenging.
Fergusson freute sich über den willkommenen Anlaß zu einem populärwissenschaftlichen Vortrag. Seine Gefährten erfuhren, daß die Kamele der Tuaregs 3–7 Tage ohne zu trinken und 2 Tage ohne zu fressen auskommen, daß sie schneller laufen als Pferde und daß der Transport von 250 kg Last von Timbuktu nach Tafilet auf Kamelrücken 125 Franc kostet. Auf Joes Frage, woran die Araber denn ihre Wege in der Wüste erkennen könnten, kam die Auskunft: jeder Stein, jedes Grasbüschel bedeute für die Einheimischen einen Wegweiser, und in der Nacht richte man sich nach dem Polarstern. Man reise langsam: eine Karawane lege pro Stunde nur 3 km zurück; in der größten Mittagshitze sei allgemeine Rast. Am Abend erreichte die *Victoria* den Meridian von Paris, 2° 20′, und kam während der Nacht um noch einen Längengrad weiter nach Westen. Mit Tagesanbruch begann es kräftig zu regnen, Gondel und Ballonhülle saugten sich voll, so daß der Doktor das Knallgasventil noch stärker aufdrehen mußte. Das Land war von zahlreichen Wasserläufen durchschnitten, über die sich die Eingeborenen an Lianen hinüberhangelten. Die Hütten der Bewohner sahen übrigens aus, als habe man ihnen anstelle eines Dachs armenische Hüte aufgesetzt.
»Wir nähern uns dem Niger«, sagte Fergusson. »So wie hier wechselt die Landschaft in der Nähe von Flüssen immer ihre Gestalt. Die Ströme haben die Vegetation und schließlich auch die Zivilisation hervorgebracht. Hier am 4000 km langen Lauf des Niger liegen die wichtigsten Städte Afrikas.«
Um die Mittagszeit trieb der Ballon an der ehemaligen Hauptstadt Gao vorbei, die aber schon zu einem ärmlichen Marktflecken heruntergekommen war. In der Ferne konnte man auch für kurze Zeit das weite, glänzende Band des Niger erkennen, aber der Ballon wurde rasch wieder von der Richtung des Flußlaufs abgetrieben.
»Sind die Nigerquellen eigentlich schon entdeckt, oder erledigen wir das gleich mit?« fragte Joe.
»Schon seit langem«, antwortete Fergusson. »Von 1749 bis 1758 durchstreifte Adamson diese Gegend, von 1785 bis

1788 Golberry und Geoffroy, und 1795 wurde der berühmte Mungo-Park, der Freund Walter Scotts, von der afrikanischen Gesellschaft in London hierhergeschickt, 1805 reiste er nochmals hierher, kam aber nicht mehr zurück. Die Nigerquellen wurden dann 1822 von Major Laing entdeckt. Angeblich sind sie kaum 1 m breit, dennoch soll man sie nicht überspringen können, weil jeder, der sich der Quelle nähert, magisch hineingezogen wird und ertrinkt.«

Die *Victoria* befand sich jetzt innerhalb des Nigerbogens, an dessen nördlichem Ende Timbuktu liegt. Fruchtbare Felder wechselten mit Ginstersteppen und Sandwüsten. Im allgemeinen war der Boden flach, die *Victoria* kam zügig voran, trieb aber etwas zu weit nach Süden, so daß der Doktor glaubte, man würde Timbuktu verfehlen. Ab und zu tauchte ein Tuareglager auf. Die Männer saßen in den Hütten, während die Frauen draußen schufteten, Kamele molken und aus riesigen Pfeifen qualmten.

Am Abend lagen weitere 300 km hinter den Reisenden. Sie näherten sich den Hombori-Bergen, die im spärlichen Mondlicht aussahen, als bestünden sie aus Basalt. Ihre bizarren Konturen erinnerten an mittelalterliche Burgruinen oder an geborstene Eisberge im Dunkel der Polarnacht.

»Hier könnte Dracula wohnen ...«, sagte Fergusson träumerisch.

»Ich würde das Ganze am liebsten mitnehmen und in Schottland an den Ufern des Loch-Lomond wieder aufbauen«, sagte Joe. »Und jeder Tourist zahlt einen Schilling.«

»Du hättest doch Geschäftsmann werden sollen«, meinte Fergusson. »Das nächstemal nimmst du dir einen Riesenballon mit, der den ganzen Schamott nach Hause trägt. Jetzt mußt du mit unserem kleinen vorliebnehmen.«

21

Am anderen Morgen sahen die Reisenden unter sich ein unübersichtliches Netz von Flüssen, Kanälen und Seitenarmen des Niger, der Strom selbst floß in einer Breite von 1600 m

zwischen Tamarinden und Kruziferen dahin; Krokodile lagen im Ufermorast und lauerten den Gazellen auf, die ihre geringelten Hörner ins Gras steckten. Unter den Bäumen hielten Karawanen Rast, hochbepackte Esel und Kamele. Nach einer Biegung des Stroms tauchten im Halbkreis angeordnete, flache Häuser auf, deren Terrassen und Dächer mit Futter bedeckt lagen, das aus der ganzen Umgebung angeliefert und hier zum Trocknen ausgebreitet wird.

»Kabra! Der Hafen von Timbuktu«, rief der Doktor. »Keine 8 km mehr!«

»Sie sehen aus, als seien Sie endlich einmal zufrieden«, sagte Joe. »Das macht mir fast Angst.«

Zwei Stunden später tauchte Timbuktu, die geheimnisvolle »Königin der Wüste«, vor ihnen auf. Die Stadt war wie ein Dreieck angelegt, dessen Spitze nach Norden in die Wüste zeigte. An schmalen Straßen standen die Häuser, teils aus Ziegelsteinen, teils aus Stroh oder Schilf gebaut. Buntbekleidete Männer sonnten sich auf den Terrassen, ohne auch nur einen Augenblick lang die Lanze oder Muskete aus der Hand zu legen.

»Frauen könnt ihr um diese Tageszeit leider nicht sehen«, sagte Dr. Fergusson. »Schade. Angeblich sind es die schönsten Frauen von ganz Afrika. Außer ihnen gibt es eigentlich nur noch wenige Sehenswürdigkeiten in der Stadt. Von allen Moscheen sind nur drei übriggeblieben. Auch nach Palästen braucht ihr nicht zu suchen: der moderne Scheich ist heute Einzelhändler und bewohnt ein Büro.«

»Auch die Wälle scheinen zerstört«, sagte Kennedy.

»Die Fullanen haben sie 1826 zum letztenmal genommen. Bis zu diesem Jahr war Timbuktu um ein ganzes Drittel größer, aber unter seinen verschiedenen Eroberern und Besitzern, den Tuaregs, Sonrayen, Marokkanern und Fulanen, wurde die Stadt planmäßig dezimiert. Dieses Kulturzentrum der arabischen Welt, das wie Athen und Rom gelehrte Akademien und Lehrstühle für Philosophie besaß und worin der Gelehrte Achmed-Baba im 14. Jahrhundert eine Bibliothek mit 1600 Manuskripten unterhielt, ist heute nichts anderes mehr als das Lagerhaus Zentralafrikas.«

Timbuktu wies alle Symptome einer Stadt auf, die degeneriert und dem Verfall preisgegeben ist. In den Vorstädten

wuchsen die Schutthalden in die Höhe, die einzigen Unebenheiten in dieser flachen Gegend.

Als die *Victoria* über den Häusern erschien, begannen sich die Gassen zu beleben. Trommeln wurden geschlagen. Wahrscheinlich gab es in den Mauern keinen Gelehrten mehr, der diese Himmelserscheinung hätte interpretieren können. Die Aufregung ging auch bald vorüber, denn ein guter Wind sorgte dafür, daß die Stadt Timbuktu für die drei Ballonfahrer rasch nur noch eine vage Erinnerung war.

Der Anblick aus den Lüften hatte die Reisenden belebt, und Joe wurde sogar übermütig.

»Wenn es nach mir ginge«, sagte er, »könnten wir ruhig wieder nach Sansibar reisen und dann gleich weiter nach Amerika.«

»Das geht leider nicht mehr.«

»Warum nicht?«

»Unser Gasdruck läßt ständig nach. Wir können froh sein, wenn wir überhaupt noch bis zur Küste kommen. Die Gondel wird allmählich zu schwer für den schwachen Auftrieb des kleinen Ballons.«

»Das wundert mich nicht«, antwortete Joe. »Wenn man den ganzen Tag faul auf der Hängematte liegt und lebt wie im Schlaraffenland, muß man ja fett werden. In London wird man glauben, wir seien zur Kur gewesen. Wir müssen einfach abnehmen!«

»Typisch Joe«, sagte Kennedy.

»Wenn es nach mir ginge«, meinte der Doktor, »würden wir zwischen Sierra Leone und Portendik landen, wo wir befreundete Kolonien finden. Ich wäre doch froh, wenn wir das Abenteuer bald bestanden hätten.«

»Halten wir wenigstens die Richtung?«

»Fast; bis jetzt geht's noch zu den Nigerquellen.«

Als die Nacht hereinbrach, mußten die letzten Ballastsäcke abgeworfen werden. Der Ballon erhob sich zwar ein ganzes Stück, hielt sich aber nur bei voll aufgedrehtem Gebläse konstant in der Luft. Die *Victoria* war inzwischen bereits 100 km südlich von Timbuktu, und als die Reisenden am nächsten Morgen aufwachten, schwebte sie über dem Nigerufer in der Nähe des Debo-Sees. Der Niger wurde hier von zahlreichen Inseln unterbrochen, zwischen denen die Strömung schneller

hindurchschoß. Der Ballon trieb nun ganz nach Süden und hatte bald den Debo-See überflogen.
Fergusson versuchte Steige- und Fallmanöver, um in eine günstigere Luftströmung zu kommen, aber durch den erhöhten Druck auf die Ballonhülle ging nur noch mehr Gas verloren, so daß er seine Versuche bald aufgab. Er mußte damit rechnen, die Küste im Süden und nicht im Westen zu erreichen, und im Augenblick trieb der Ballon genau auf das berüchtigte Königreich Dahome zu, dessen König bei größeren Festen schon Tausende von Menschen hatte schlachten lassen.
Joe machte plötzlich auf eine drohende Wolke aufmerksam.
»So ein Ding von Wolke habe ich aber noch nie gesehen«, sagte er, »das sind ja Grannen, wie auf eine Schnur gezogen!«
»Das ist Gott sei Dank keine Wolke von der gewöhnlichen Art«, sagte der Doktor.
»Was denn jetzt schon wieder?«
»Heuschreckenschwärme! Milliarden von Heuschrecken ... Armes Land, die Wüste wächst. Warte noch ein paar Minuten, dann wirst du eine Landschaftsveränderung ohnegleichen miterleben.«
Die Wolke mit einem Umfang von mehreren Kilometern näherte sich, das Brausen schwoll an, der Boden versank in tiefen Schatten. 300 Schritt vom Ballon entfernt senkte sich das Heer von Schnarrheuschrecken auf ein in vollem Grün stehendes Feld. Als er nach einer Viertelstunde wieder aufstieg, sah die Erde aus, als sei der Winter ins Land gefallen; Bäume und Büsche waren kahlgefressen, die Wiesen erschienen wie abgemäht.
»Bis jetzt hat man noch keine Methode gefunden, derartige Verheerungen zu verhindern«, sagte Fergusson. »In ihrer Verzweiflung haben die Bauern hier schon Wälder und Felder angezündet, aber die ersten Wellen der Schwärme erstickten das Feuer mit ihrer Masse, und der Rest stürzte sich auf das nächste Feld. Die Eingeborenen halten sich zum Ersatz an den Heuschrecken selbst schadlos: sie gelten als Delikatesse.«
»Die Krabben der Luft.«
Später flogen sie über Sumpfland dahin, die Wälder wurden dünner, am Nigerufer entlang standen Tabakstauden und

Futterpflanzen. Und dann tauchte plötzlich auf einer großen Insel mitten im Strom die Stadt Dschenna mit ihren zwei Minaretten auf. Von unzähligen Schwalbennestern an den Häuserwänden stieg ein wahrer Pestgeruch bis zu den Reisenden empor. Es war schon Nacht, aber in den Straßen herrschte noch ein reger Betrieb. Dschenna war Handelszentrum, von hier aus versorgte man Timbuktu auf dem Land- und Wasserweg.

»Schade, daß wir keine Zeit verlieren dürfen«, sagte der Doktor. »Hier wäre ich gern gelandet, um mich mit Arabern zu unterhalten, die schon mal in Europa gewesen sind.«

Beim Schein der Morgensonne erblickten sie Sego, die aus vier kleinen Städten bestehende Hauptstadt von Bambarra. Ein reger Fährverkehr war dort unten im Gange, eine maurische Moschee huschte unter der Gondel vorbei, bald lag die Stadt wieder hinter ihnen.

»Wenn es noch zwei Tage so weitergeht«, sagte der Doktor, »kommen wir bequem bis an den Senegal.«

»Sind dort schon befreundete Kolonien?« fragte Kennedy.

»Noch nicht. Aber von dort aus könnten wir uns zu den Franzosen durchschlagen, wenn es der Ballon nicht mehr tut ... Wenn er die paar hundert Kilometer noch aushält ...«

»Wie schade, daß das Spiel so bald schon vorbei sein soll«, seufzte Joe. »Aber einmal müssen wir wohl wieder herunter. Ich will überhaupt nur auf den Boden, damit ich erzählen kann. Ich fürchte, daß man uns nicht die Hälfte von all dem glaubt, was wir erlebt haben.«

»Tausend Augenzeugen sahen uns im Osten starten, und ebenso viele werden uns ankommen sehen«, antwortete Fergusson mit fester Stimme.

22

Am 27. Mai überflog die *Victoria* hügeliges Gelände, das Gebirge anzukündigen schien. Der Doktor wollte auf keinen Fall in dieser Gegend hinuntergehen, dafür hatte er viel zu grausige Berichte über die Bewohner und das Klima dieses

Landes gehört. Die Reisenden waren ständig auf den Beinen, weil immer mehr Ballast abgeworfen werden mußte, damit die *Victoria* nicht sank. So ging es über fast 100 km, und der Ballon wurde zu einem Sisyphusfelsen: kaum hochgebracht, fiel er wieder, seine Form wurde schmaler, und der Wind ließ die erschlaffende Hülle knallen.

»Hat der Ballon nicht vielleicht doch einen Riß?« fragte Kennedy.

»Nein, der Gummiüberzug ist in der Hitze weichgeworden. Jedenfalls muß jetzt alles raus, was wir entbehren können. Das Zelt zum Beispiel.«

Joe kletterte über die Gondel und löste die Zeltbahnen dort, wo auch das Ballonnetz zusammengehalten wurde. »Ein ganzer Negerstamm kann sich davon frische Unterhosen machen«, sagte er.

Der Ballon stieg ein wenig, aber nach kurzer Zeit verlor er wieder an Höhe.

»Bald landen wir zum letztenmal«, sagte Kennedy.

»Wir müssen noch mehr über Bord gehen lassen«, antwortete der Doktor. »Hier unten ist die Hölle, seit sich 1854 ein Marabut aus dem Futa des Senegal, Al Hadschi, zum Gott erklärt und seine Stämme zum Kampf aufgehetzt hat. Er hält sich in diesen Wäldern mit seinen Banden versteckt, seit ihn die Franzosen über den Senegal gejagt haben.«

»Wenn das so ist, ziehe ich mir auch gern noch die Stiefel aus«, rief Joe.

»Es ist nicht mehr weit bis zum Fluß, aber ich glaube bald nicht mehr, daß wir noch drüber kommen. Vor uns liegen Berge, die wir kaum bewältigen, wenn wir den Ballon nicht ganz gehörig erleichtern. Die Gasheizung nützt schon nichts mehr.«

»Kann man die Berge nicht irgendwie umschiffen?« fragte Kennedy.

»Unmöglich. Die erstrecken sich über den ganzen Horizont. Entweder wir kommen drüber, oder wir zerschellen daran.«

»Sie scheinen von links und rechts auf uns zuzukommen«, sagte Joe.

Immer schneller trieb der Wind jetzt die *Victoria* auf spitzstarrende Klippen zu.

»Alles Wasser raus!« befahl der Doktor. »Nur die Ration für einen Tag behalten!«
»Erledigt!« meldete Joe.
Aber der Ballon stieg nur um 15 m. Die schroffen Gipfel schienen fast auf den Ballon loszustürzen. Mindestens 150 m mußte er noch steigen. Auch der Vorrat für das Knallgasgebläse ging bis auf ein paar Liter über Bord, ohne daß ein nennenswerter Auftrieb zu spüren gewesen wäre.
»Alle leeren Kisten raus!«
»Laß fahren dahin den irdischen Tand«, sagte Joe.
»Komm nicht wieder auf krumme Ideen, Joe!« rief der Doktor.
Die *Victoria* war um 40 m gestiegen, schwebte aber noch immer ein gutes Stück unterhalb des Kamms. Ein geradliniger Bergrücken, der eine zerklüftete Wand abschloß, ragte etwa 70 m über dem Ballon auf.
»In zehn Minuten sind wir an dem Felsen zerschellt«, rief der Doktor. »Die Gondel noch mehr erleichtern! Joe, alles Fleisch über Bord!«
Die *Victoria* gewann wieder etwas Höhe, gleichzeitig nahm aber auch ihre Geschwindigkeit zu. Beim Zusammenprall mußte sie unweigerlich in Fetzen gehen. Die Gondel war fast ausgeräumt.
»Wenn es darauf ankommt, wirst du deine Waffen opfern müssen, Dick«, sagte Dr. Fergusson.
»Herrgottnochmal, die Dinger können uns das Leben kosten!«
Joe schrie entsetzt auf: der Ballon trieb jetzt 20 m unterhalb des Grats auf die Wand zu. Er warf die Schlafdecken hinaus und ließ heimlich ein paar Säckchen Kugeln mitgehen.
Im letzten Augenblick schaffte die *Victoria* eine weitere Klippe, und die Oberseite des Ballons leuchtete bereits in der Sonne, die sie von der anderen Seite des Grates traf. Aber die Gondel war in gleicher Höhe mit dem Felsgrat und mußte jeden Augenblick auf ihn prallen.
»Kennedy!« schrie der Doktor. »Schmeiß die Waffen raus!«
»Moment noch!« rief Joe, und als Kennedy sich umdrehte, sah er den Diener unter der Gondel verschwinden.
»Joe! Joe!«
Der Grat war an dieser Stelle vielleicht 7 m breit, die Gondel

Joe hatte sich unter der Gondel festgeklammert und bugsierte hüpfend, springend und schiebend den Ballon mit knapper Not über den gefährlichen Grat.

kam genau auf seinem Niveau an und mußte jeden Moment den kiesbesäten Boden streifen – da hoben sich Korb und Gondel plötzlich.

»Wir sind drüber!« hörte man die Stimme des Dieners von unten durch den Korb dringen.

Er hatte sich unten an die Gondel gehängt, lief mit und stieß sie vom Boden ab, mußte sich aber zugleich mit aller Kraft an ihr festhalten. Am Ende des Grates gähnte ein Abgrund. Joe hielt sich an den Stricken fest, zog sich mühsam hoch und kletterte wieder in die Gondel.

»Joe, mein Freund«, sagte der Doktor sanft.

»Glauben Sie nur nicht, ich hätte das für Sie getan. Nur Herrn Kennedys Karabiner wollte ich retten. Ich hatte doch noch eine kleine Rechnung mit ihm zu begleichen. Wegen der Sache mit den Arabern. Jetzt sind wir hoffentlich quitt. Ich hätte nicht mitansehen können, wie sich Kennedy von seiner liebsten Freundin trennt.«

Die Berge fielen wieder, die *Victoria* konnte jetzt langsam sinken, ohne in Gefahr zu kommen. Der Boden war jedoch so unregelmäßig, daß eine Nachtfahrt nicht geraten schien und der Doktor sich am Abend schweren Herzens entschließen mußte, bis zum nächsten Morgen vor Anker zu gehen.

»Ich habe mir etwas ausgedacht«, sagte er. »Dazu müssen wir hinuntergehen. Es ist jetzt 18 Uhr – gerade richtig. Joe, laß den Anker ab.«

Mit dem pendelnden Eisen segelte der Ballon über die Wälder.

»Können wir dann aussteigen?« fragte Kennedy.

»Ich habe dir schon ein dutzendmal gesagt, daß wir uns nicht trennen dürfen. Ich brauche eure Hilfe nachher dringend.«

Da gab es einen Ruck, die *Victoria* hing fest. Mit dem Einbrechen der Dunkelheit legte sich der Wind, und der Ballon blieb unbeweglich über einem Wald von Sykomoren in der Luft stehen. Nach Fergussons Berechnungen blieben jetzt nur noch 40 km bis zum Senegal.

»Über den Senegal gibt es keine Brücke, und Boote werden wir auch nicht finden. Das heißt also, wir müssen in jedem Fall noch mit dem Ballon hinüberkommen.«

»Das geht nicht«, sagte Kennedy, der wieder Angst um sei-

nen Karabiner bekam. »Aber könnte nicht einer von uns hierbleiben, ich vielleicht . . .«
»Herr Kennedy«, meldete sich Joe, »Sie wissen doch, daß ich auf solche Unternehmen abonniert bin.«
»Na, von Springen wollte ich nicht gleich gesprochen haben, aber so ein kleiner Fußmarsch bis an den westafrikanischen Sandstrand . . .«
»Kommt überhaupt nicht in Frage!«
»Bevor ihr losmarschiert, bitte ich darum, auch mal einen Vorschlag machen zu dürfen«, sagte Fergusson.
»Ja, bitteschön.«
»Wenn wir das Knallgasgebläse hinauswerfen, haben wir 450 kg weniger an Bord.«
»Und wie läßt du den Ballon dann steigen?«
»Das wäre dann nicht mehr nötig. Ich habe ausgerechnet, daß wir drei zusammen mit dem Wichtigsten keine 250 kg wiegen. Und das schafft er!«
Sie schwiegen eine Weile und hatten alle ein Gefühl, als ginge es darum, dem Ballon das Herz auszureißen.
»Du mußt es wissen, du bist der Techniker«, sagte Kennedy schließlich.
»Also raus!«
Stück für Stück zerlegten sie den Apparat, zuerst den Mischungskasten, dann das Gebläse und den Elektrodenkasten. Das Aggregat war so fest am Boden der Gondel festgezurrt worden, daß sie es nur mit vereinten Kräften herausreißen konnten. Ein Metallteil nach dem anderen verschwand im Laub der Sykomoren. Am meisten Mühe machten die Röhren; Joe konnte zwar die Kautschukglieder über der Gondel durchschneiden, aber die Röhren innerhalb des Ballons waren am oberen Ventil mit Messingringen befestigt.
Joe leistete sein Gesellenstückchen. Er zog sich die Schuhe aus, um die Hülle nicht zu beschädigen, und kletterte Strick um Strick an der schwankenden und schaukelnden Ballonhülle bis zur Spitze empor, hielt sich dort mit einer Hand im Netz und schraubte mit der anderen die Ringe ab. Jetzt konnten die Röhren aus der unteren Öffnung herausgezogen werden, und die *Victoria*, um fast eine halbe Tonne leichter, schnurrte empor und zerrte an den Halteleinen.
Die drei nahmen ein Mitternachtshäppchen aus Pemmikan

und kaltem Grog, Joe und Kennedy legten sich schlafen, Fergusson übernahm die erste Wache.
Ringsum war alles friedlich. Im Schein des letzten Mondviertels zerstreuten sich ein paar Wolken; die schwache Beleuchtung ließ kaum etwas erkennen. Dr. Fergusson stützte sich auf den Rand der Gondel und starrte unverwandt auf das Blätterdach unter sich. Er hing seinen Gedanken über die Reise nach. Den stolzen Ballon hatte er mitsamt seiner Konstruktion fast vollkommen abwracken müssen. Die Einsamkeit dieser Nacht verstärkte seine dunklen Vorahnungen über den Ausgang der Reise. Auf die *Victoria* konnte er sich nicht mehr verlassen ... so kurz vor dem Ziel war der Erfolg der Expedition drohend in Frage gestellt.
Während dieser trüben Überlegungen schien es ihm einmal, als bewege sich etwas in den Wäldern unter ihm, er glaubte etwas aufblitzen zu sehen. Er nahm das Nachtglas und spähte angestrengt hinunter. Aber er entdeckte nichts, und die Stille schien ihm noch drückender als zuvor.
Immerhin hielt er Kennedy, als er ihn ablösen kam, zu größter Wachsamkeit an. Der Schotte stopfte sich eine Pfeife, setzte sich in einen Winkel der Gondel und paffte genüßlich.
Ein sanfter Wind raschelte in den Baumwipfeln und ließ die Gondel ein bißchen schaukeln; Kennedy dämmerte ein. Er riß zwar mehrmals die Augen erschreckt wieder auf und schaute über den Rand, aber schließlich siegte die Erschöpfung durch die wochenlangen Anstrengungen über ihn, und er schlief ein.
Wie lange er gelegen hatte, wußte er nicht. Jedenfalls riß ihn plötzlich ein knisterndes Geräusch aus dem Schlaf. Sofort sprang er auf. Der Ballon leuchtete in rötlichem Widerschein. Der Wald brannte lichterloh!
»Feuer, Feuer!« schrie er, und seine Kameraden fuhren hoch.
»Was ist denn los?« fragte Dr. Fergusson.
In diesem Augenblick ging unten ein furchtbares Geheul los.
»Den ganzen Wald haben die Wilden angezündet!« rief Joe.
»Das sind Talibas! Die Marabuts des Al Hadschi!«
Rings um die *Victoria* stand der Wald in hellen Flammen, Zweige knisterten und knackten, Funkenregen schossen in den Nachthimmel. Die größeren Bäume stachen noch schwarz

vom brennenden Untergrund ab, aber der feurige Widerschein drang schon bis zu den Wolken.
»Wir müssen runter!« schrie Kennedy. »Gleich brennt der Ballon!«
Aber Fergusson packte ihn am Arm und kappte das Ankertau mit einem Hieb. Schon schienen die Ballonwände zu glühen, da endlich schnellte die *Victoria* 300 m steil in die Höhe. Geschrei und Flintenschüsse beantworteten die Flucht, aber der Ballon entkam auch diesmal, dem Winde folgend, in westlicher Richtung.

23

»Hätten wir den Ballon nicht schon gestern abend ausgeräumt«, sagte Dr. Fergusson, »dann hätten wir dieses Abenteuer gebraten oder frikassiert beendet. Ich fürchte nur, es war noch nicht das letzte, was wir zu bestehen haben.«
»Was hast du denn jetzt schon wieder?« fragte Kennedy.
»Dreh dich mal um!«
Die *Victoria* schwebte gerade über dem Waldrand, da sprengten auch schon dreißig Reiter mit weiten Hosen und fliegendem Burnus unter den Bäumen hervor, Lanzen und Musketen in der Hand. Sie schrien und fuchtelten mit ihren Waffen und ritten in kurzem Galopp die ersten Hänge der Senegalsenke hinab.
»Da sind unsere Freunde wieder!« sagte der Doktor.
»Lieber im Wald mit wilden Tieren leben als mit diesen Banditen.«
»Na, fliegen können die zum Glück noch nicht«, bemerkte Joe.
»Bis jetzt sind wir doch ziemlich sicher vor ihnen, oder?« fragte der Schotte. »Und wenn erst mal der Fluß zwischen uns und ihnen liegt, sind wir gerettet. Ich muß gestehen, ich fühle mich mit meinem Karabiner doch ganz wohl. Wie hoch sind wir jetzt?«
»250 m«, antwortete Fergusson. »Aber mit dem Windsuchen ist es jetzt aus.«

»Die reiten ja nur Promenadentempo und können uns trotzdem folgen«, rief Joe plötzlich.
»Sollen wir sie nicht auf Schußweite herankommen lassen?« fragte der Schotte. »Meine Kugeln reichen für eine halbe Schwadron.«
»Der Nachteil dabei ist, daß sie uns dann mit ihren Musketen ebenfalls erreichen«, antwortete der Doktor.
Während des ganzen Vormittags schafften sie nicht mehr als 25 km in westlicher Richtung, und immer noch saßen ihnen die Talibas dicht auf den Fersen. Unangenehmerweise war der Ballon inzwischen wieder 100 m abgefallen, und bis zum Senegal waren es noch mindestens drei Stunden.
Plötzlich sank die *Victoria* um ein ganzes Stück, und die Talibas gaben ihren Pferden die Sporen. Der Ballon schwebte nur noch 50 m über dem Boden, aber dort erfaßte ihn ein kräftiger Wind und trieb ihn vorwärts.
Die Talibas feuerten ihre Musketen ab, da hatte auch Kennedy den Karabiner hochgerissen und schoß den vordersten Reiter aus dem Sattel. Die restlichen Verfolger hielten an, die Entfernung zwischen ihnen und den Reisenden vergrößerte sich rasch.
»Jetzt sind sie wohl ein bißchen vorsichtiger!«
»Sie haben sich bestimmt schon ausgerechnet, wann der Ballon den Boden berührt. Wir müssen wieder steigen, das ist unsere einzige Rettung. Joe, wirf die 15 kg Pemmikan hinaus.«
Zunächst erhob sich die Gondel, aber schon eine halbe Stunde später schwebte sie nur noch knapp über dem Erdboden. Das Gas schien immer schneller durch die Poren der Hülle zu entweichen. Der Gondelboden streifte bereits die Erde, die Talibas preschten heran, da hob sich die *Victoria* aus unerklärlichen Gründen plötzlich wieder, wie es schon öfters geschehen war. Eineinhalb Kilometer weiter aber setzte sie erneut auf.
»Joe, wirf alles raus, Schnaps, Instrumente, auch den Anker.«
Joe packte, was er greifen konnte, und ließ es über den Gondelrand fallen. Der Ballon stieg für einen Augenblick, sank aber gleich wieder hinab. Die Talibas waren jetzt auf 200 Schritt herangekommen.
»Flinten weg!« schrie der Doktor.

»Aber nicht ohne Abschiedsgruß«, sagte Kennedy und schoß viermal hintereinander. Vier Talibas wurden aus dem Sattel gerissen, die Horde brach in tierisches Gebrüll aus.
Die *Victoria* hüpfte ein Stück, setzte wieder auf, sprang wie ein Gummiball durch das Gelände und schien bei jeder Berührung mit der Erde Kraft für einen neuen Sprung zu schöpfen. Aber auch diese Kraft mußte bald erlahmen. Es war fast Mittag, der Ballon verlor immer rascher sein Gas, so daß er bald wie eine umgestülpte Flasche aussah. Die Hülle schlotterte im Wind, und die Falten des verzogenen Tafts legten sich eng umeinander.
»Wir haben immer noch 75 kg zum Abladen!« rief der Doktor plötzlich.
»Was denn noch?« fragte Kennedy und dachte, sein Freund sei übergeschnappt.
»Die Gondel! Wenn wir uns ins Netz klammern, schaffen wir's noch bis zum Senegal!«
Alle drei kletterten sie jetzt am Ballonnetz hoch, und während Joe sich mit einer Hand festhielt, schnitt er mit der anderen die Halterungen der Gondel durch. Sie fiel in dem Augenblick, als der Ballon sich endgültig auf den Boden setzen wollte. Befreit stieg er sofort auf 100 m Höhe und wurde dort von einem Windstrom gepackt, der ihn mit hoher Geschwindigkeit nach Westen trieb. Obwohl die Talibas in gestreckten Galopp übergegangen waren, fielen sie bald zurück. Vor der *Victoria* tauchte ein schroffer Hügel auf, den sie mühelos überstieg. Das war der benötigte Vorsprung! Denn die Talibas mußten in großem Bogen darum herumreiten.
Während des luftigen Flugs hatten die Reisenden das Netz unter sich zusammengeknüpft und saßen jetzt in einer schaukelnden Tasche. Sie waren gerade über dem Hügelkamm hinweg, da schrie der Doktor:
»Der Strom! Der Senegal!«
3 km vor ihnen wälzte sich der Strom zu Tal. Das flache gegenüberliegende Ufer war deutlich zu erkennen.
»Noch eine Viertelstunde!« rief Fergusson.
Das Gelände fiel zum Strom hin sanfter ab, kahle Hänge gingen in Ebenen über, die mit Felsbrocken übersät waren, und darauf standen spärlich vertrocknete Gräser. Wieder

näherte sich der Ballon dem Boden, setzte kurz auf und sprang, bis die Sprünge immer kürzer wurden und die *Victoria* schließlich mit dem Netz an den oberen Zweigen des einzigen Affenbrotbaums, der weit und breit zu sehen war, hängenblieb.

»Hundert Schritt vor dem rettenden Fluß!« jammerte Joe.

Die drei ließen sich aus dem Netz gleiten und rannten zum Ufer. Erst jetzt hörten sie das Getöse eines fernen Donners, und als sie am Flußufer anlangten, sahen sie auch die Ursache: die Wasserfälle von Guina! Auf einer Breite von 650 m stürzten die Wassermassen des Senegal 50 m in die Tiefe. In der Mitte des Kataraktes ragten bizarre Felsen in die Höhe und wirkten aus der Entfernung wie riesige Reptilien aus dem Erdmittelalter.

Es wäre in jedem Fall lebensgefährlich gewesen, den Strom hier zu überqueren, unter den jetzigen Umständen schien es völlig unmöglich. Kennedy wurde schon von der Verzweiflung gepackt, da sagte Dr. Fergusson entschlossen:

»Wir haben immer noch eine Chance.«

»Dacht ich mir's doch.«

»Die Talibas können frühestens in einer Stunde hier sein. In dieser Zeit müssen wir mindestens einen Zentner trockenes Gras zusammensuchen.«

»Was soll denn das schon wieder?«

»Wenn wir kein Gas mehr haben, müssen wir, wie die Brüder Montgolfier, mit heißer Luft aufsteigen.«

»Samuel, du bist der Größte.«

Joe und Kennedy machten sich ans Heuen, während Fergusson aus dem unteren Teil des Ballons eine runde Öffnung herausschnitt und den Rest Wasserstoffgas entweichen ließ. Dann schob er den Grashaufen unter den Ballon und zündete ihn an.

Im Nu blähte sich der Ballon, und bei einer Temperatur von etwa 100° hatte sich das Gewicht der eingeschlossenen Luft schon auf die Hälfte verringert. Der Doktor schürte das Feuer, der Ballon wurde immer runder und schöner.

Es war ein Viertel vor eins, als die Talibabande in einer Entferung von rund drei Kilometern auftauchte und ihr Gebrüll hören ließ.

»In 15 Minuten sind sie hier!«

»Joe, Gras drauf! In 10 Minuten sind wir weg!«
Zu zwei Dritteln war die *Victoria* jetzt aufgebläht, die Reisenden klammerten sich schon am Netz fest, und der Ballon begann zu rucken. Inzwischen waren die Talibas nur noch 500 Schritt entfernt.
»Festhalten!!«
Joe schubste mit seinem Fuß noch mal Gras auf die Feuerstelle. Der Ballon, ganz gefüllt, riß sich los und trieb davon.
Die Talibas schossen sofort ihre Musketen ab, doch das *Victoria*-Fragment war bereits 200 m gestiegen und segelte schwankend auf den Fluß zu. Schräg unter ihnen stürzte der Senegal donnernd und schäumend in den Abgrund. 10 Minuten lang schwebten sie, stumm am Netz hängend, über dem Strom, während sich der Ballon langsam dem jenseitigen Ufer zuneigte.
Dort hatte eine Gruppe französischer Soldaten staunend und erschrocken den Aufstieg des Ballons verfolgt. Sie hätten sich das Phänomen nicht erklären können, wären nicht die beiden Gruppenführer gewesen, ein Leutnant und ein Fähnrich zur See. Die wußten von Fergusson, sie kombinierten den Ballon sofort mit seiner Expedition und klärten ihre Leute auf.
Die *Victoria* schrumpfte so rapide zusammen und sank immer tiefer, daß die Soldaten fürchteten, die Luftschiffer würden das rettende Ufer nicht mehr mit eigener Kraft erreichen; sie stürzten sich in den Strom und fingen die Reisenden in dem Moment auf, als sich die schlaffe Hülle einige Meter vom Ufer auf das Wasser legte.
»Doktor Fergusson?« fragte der Leutnant.
»Er und seine beiden Freunde«, antwortete der Doktor gelassen.
Die Franzosen zogen die Ballonfahrer aus dem Wasser. Der erschlaffte Ballon wurde von der Strömung fortgerissen, trieb als verschrumpfte Blase auf dem Fluß, bis er über dem Katarakt von Guina verschwand.
»Jetzt hat sie sich das Genick gebrochen«, rief Joe traurig, und für einen Augenblick wurden auch die Augen des Doktors feucht. Von seinen Gefühlen übermannt, schloß er die Kameraden in die Arme.
Die Soldaten überschütteten die Reisenden mit Glückwünschen und Umarmungen. Sie waren die einzigen Augenzeu-

Die drei klammerten sich wie Affen in das Tragnetz und wurden über den Katarakt getragen. Das rettende Ufer war schon in Sicht, aber der Ballon sank zu schnell . . .

gen der Ankunft, so daß der Doktor bat, ein offizielles Protokoll aufzusetzen und zu unterzeichnen. So wurden am Senegalufer, nachdem sich die Engländer gestärkt hatten, folgende Zeilen, die sich heute in den Archiven der Geographischen Gesellschaft zu London befinden, geschrieben und unterschrieben:

Die Unterzeichneten erklären hiermit, daß sie am genannten Datum Dr. Fergusson, seine Begleiter Richard Kennedy und Joseph Wilson am Netz ihres Ballons hängend über den Senegal schweben und am Ufer ankommen sahen, während besagter Ballon wenige Schritte vom Ufer auf das Wasser niederging und von der Strömung in die Katarakte von Guina gerissen wurde. Zur Beglaubigung haben wir dieses unter Anhörung der Obengenannten angefertigte Protokoll unterzeichnet.

Ausgefertigt an den Katarakten von Guina, den 24. Mai 1862.

Samuel Fergusson, Richard Kennedy, Joseph Wilson; Dufraisse, Leutnant der Marineinfanterie; Rodamel, Fähnrich zur See; Dufays, Sergeant; Flippeau, Mayor, Pélissier, Lorois, Rascagnet, Guillon, Lebel, Grenadiere.

Am 27. Mai wurden die Reisenden nach Medine gebracht, einem Flußposten weiter im Norden. Von dort nahm sie der Flußdampfer Basilic bis zur Senegalmündung mit, und am 10. Juni kamen sie in St. Louis an, wo sie vom Gouverneur offiziell empfangen und geehrt wurden.

Joe hatte sich bereits eine Ansicht über die zurückliegenden Abenteuer gebildet und sprach sie unverhohlen aus:

»Im großen und ganzen war unsere Reise ziemlich eintönig. Wer aufregende Abenteuer liebt, dem rate ich von dergleichen ab. Man wird der Sache leicht überdrüssig – wenn wir nicht am Tschad-See und am Senegal einiges Interessante erlebt hätten, wären wir vor Langeweile glatt umgekommen.«

Und die Zuhörer wußten nicht so recht, wie er's meinte. Es ergab sich zufällig, daß eine englische Fregatte auslief, so daß die Ballonfahrer, inzwischen bestens wiederhergestellt, bereits am 25. Juni in Portsmouth und tags darauf in London eintrafen.

Kennedy scheute sich davor, in die Streiflichter der Presse zu geraten, und reiste nach Edinburgh ab, um seine alte Haushälterin zu beruhigen.

Dr. Fergusson und Joe blieben weiterhin zusammen, doch wurde ihr im Ökonomischen gegründetes Verhältnis, ohne daß sie es wußten, von freundschaftsähnlichen Gefühlen überlagert.

Die europäische Presse versammelte ihre Korrespondenten in London, deren Berichte sich vor wissenschaftlicher Euphorie überschlugen. Der *Daily Telegraph* mußte an dem Tag, in dem eine Kurzfassung von Dr. Fergussons Reisejournal erschien, die Auflage auf 977 000 Exemplare erhöhen.

In einer öffentlichen Versammlung der Königlichen Gesellschaft für Geographie erstattete Dr. Fergusson Bericht über seine Luft- und Afrikaforschung und erhielt die Goldmedaille für sich und seine Begleiter als Anerkennung für die merkwürdigste Expedition des Jahres 1862.

ÜBER DIESES BUCH

›Fünf Wochen im Ballon‹ war der Roman, der Jules Verne mit einem Schlag weltberühmt gemacht hat. Er berichtet von den Abenteuern, die Fergusson, Kennedy und Joe bei ihrem Afrika-Ballonflug zu bestehen haben. Gegen Stürme, Regengüsse und steil aufragende Felsspitzen haben sie zu kämpfen, gegen abergläubische und streitbare Eingeborene, gegen wilde Tiere, Hitze, Durst, Fieber und Verzweiflung. Mehr als einmal rettet ihnen der Ballon das Leben. Über den reißenden Wassern des Senegal aber scheint das Schicksal endgültig zuzuschlagen: das Gas entweicht aus dem Ballon ...

Jules Verne ist nicht nur mit Genuß und Spaß zu lesen — er ist in dieser neuen Ausgabe auch literarisch wieder zu entdecken. Der von Lothar Baier übersetzte und eingerichtete Text dieses Bandes zeigt wieder die ganze erzählerische Frische und den klugen Witz Jules Vernes. Die Holzstich-Illustrationen stammen aus der ersten französischen Gesamtausgabe.

DER AUTOR

Jules Verne wurde 1828 in Nantes (Frankreich) geboren. Er studierte Jura, schrieb Theaterstücke und Operetten und brachte schließlich als 34jähriger seinen ersten Roman ›Fünf Wochen im Ballon‹ heraus, nachdem fünfzehn Verlage die Annahme des Manuskriptes abgelehnt hatten. Vernes triumphaler Erfolg begann. Er schrieb 98 Bücher, für die er die Stoffe auf Reisen und aus Zeitschriften und Büchern zusammentrug.

Nach der Bibel und den Werken Lenins und Tolstois sind Jules Vernes Bücher am häufigsten übersetzt worden. Verne starb 1905 in Amiens.